Gulf stream éditeur remercie chaleureusement :

Valérie Moles et Gabriel Beraha, respectivement responsable médiation culturelle pédagogique et scientifique et référent animations du site de la grotte Chauvet 2 – Ardèche, dont les relectures approfondies ainsi que les connaissances ont su enrichir cette histoire.

Fanchon Lefrileux, chargée de communication du site de la grotte Chauvet 2 – Ardèche, pour sa bienveillance et son enthousiasme lors de la présentation de ce projet.

Couverture et illustrations intérieures : Pauline Berdal
Typographie : Active – Adam Ladd

Direction des publications : Stéphanie Baronchelli
Direction artistique : Tiphaine Rautureau
Suivi éditorial, maquette : Caroline Merceron
Relecture éditoriale : Alice Darondeau
Correction : Maud Placines Charier

www.gulfstream.fr

ISBN : 978-2-35488-887-9

Loi 49-956 du 16 juillet 1949 sur les publications destinées à la jeunesse

Écrit par Dany Jeury
Illustré par Pauline Berdal

MAX ET L'OURS DES CAVERNES

Gulf stream éditeur

SOMMAIRE

MAX

Il a 9 ans trois quarts, il aime la course à pied et surtout il se passionne pour les ours de toutes les espèces. Il n'est pas très doué en dessin mais il déborde d'imagination.

ADAM

C'est le meilleur ami de Max.
Il a 9 ans et adore les jeux vidéo.
Il n'est pas très courageux mais il est drôle et toujours prêt à rendre service.

CHARLOTTE

Du haut de ses 9 ans et demi, la copine de classe de Max et d'Adam a réponse à tout et n'a pas froid aux yeux. Elle est débrouillarde et infatigable.

MAGDA

À 6 ans, la fille du chamane et de la guérisseuse de la tribu préhistorique de la grotte Chauvet possède le don de télépathie. Même si ses jambes ne fonctionnent plus, elle est capable de voyager entre les mondes avec son esprit.

GOMBOKHUM

Sorcier aux grands pouvoirs, le père de Magda est le chamane de la tribu préhistorique de la grotte Chauvet.

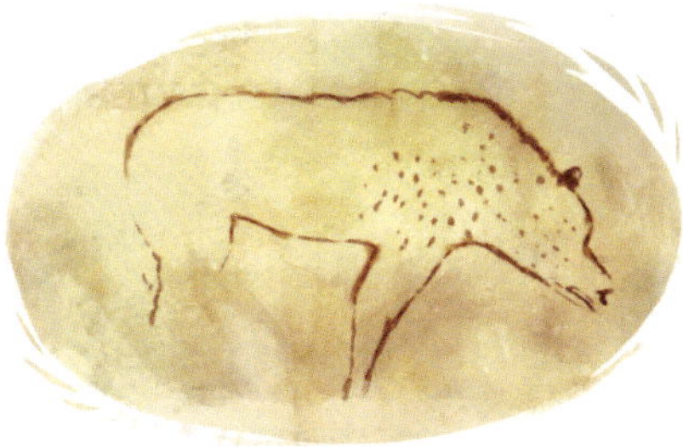

CHAPITRE 1
La sortie scolaire

Des grottes, j'en ai déjà visité plusieurs avec mes parents : il y fait froid, c'est humide et on doit parfois mettre un casque. Mais ce qu'il y a de très beau, ce sont les stalagmites et les stalactites sculptées par l'eau : ces colonnes de calcaire qui pendent du plafond des grottes ou qui ont l'air de pousser depuis le sol. Pour les reconnaître c'est facile, celles qui tombent ce sont les stalacTites, avec un T comme dans « Tombent », et celles qui montent ce sont les stalagMites, avec un M comme dans « Montent ». C'est simple ! Sauf qu'il faut des milliers d'années pour qu'elles se forment, donc c'est pas si simple.

Bref, les grottes, je connais bien.

— La grotte Chauvet a quelque chose de plus, nous a dit la maîtresse. Quelqu'un peut me dire ce qu'on y trouve d'extraordinaire ?

— Moi je sais ! s'est écriée Charlotte. Des dessins faits par les hommes préhistoriques.

— Tout à fait. Malheureusement, ces peintures sont très fragiles, la lumière et notre respiration peuvent les abîmer. C'est pour cela que nous irons visiter la reproduction de la grotte Chauvet qui s'appelle la grotte Chauvet 2, où presque tout ce qui a été découvert a été répliqué à l'identique.

— Mais ça veut dire qu'on va aller visiter une fausse grotte, madame ? a couiné Léo, l'air déçu.

— Ben oui, c'est comme à Lascaux, a continué mademoiselle Je-sais-tout. Moi j'y suis allée avec mes parents l'été dernier, c'est aussi une fausse grotte et c'est quand même très beau.

— Charlotte a raison, a opiné la maîtresse. Des artistes contemporains – c'est-à-dire de notre époque – ont peint exactement les mêmes dessins, avec les mêmes techniques. Vous savez, les peintures de la grotte Chauvet ont environ 36 000 ans, c'est l'un des premiers chefs-d'œuvre de l'humanité, c'est très important de les conserver.

— Ouais, m'enfin, ces dessins qu'on va voir là-bas, ce seront quand même des faux...

— Des *reproductions*, Léo, a repris la maîtresse qui aime qu'on utilise les mots appropriés.

— Et puis grâce à ça, tu vas pouvoir découvrir ce que les hommes préhistoriques peignaient il y a aussi longtemps. Ils étaient super forts ! a ajouté Charlotte, avec son petit ton de maîtresse d'école qui a le don de tous nous énerver.

— J'imagine qu'on va vite s'apercevoir qu'ils dessinaient déjà mieux que Max ! s'est alors esclaffé Léo.

Max, c'est moi. Réputé pour être le meilleur à la course à pied et le plus mauvais dessinateur de la classe. Tout le monde a rigolé en repensant à mon dernier exposé sur les ours et à mon horrible grizzli recopié du mieux que je pouvais d'après Internet. Le dessin était obligatoire, je précise, mais j'avais aussi imprimé quelques photos qui ont rendu l'ensemble de mon travail plutôt réussi. En vrai, j'aime tellement les ours que madame Favard m'a quand même mis une bonne note, à cause de toutes mes connaissances, sans trop tenir compte de mon horrible dessin.

C'est à ce moment-là qu'Adam a posé la main sur mon épaule pour me prouver son soutien.

— T'es meilleur que lui à *Minecraft*, mec. Un partout.

J'ai glissé une mèche de cheveux derrière mes oreilles avant de lui tendre mon poing pour un check de notre invention. C'est un vrai copain, Adam.

— Bon, les enfants, est-ce qu'on pourrait revenir à la leçon, maintenant ? a demandé la maîtresse, en haussant un peu le ton.

Puis elle s'est retournée et a écrit « Art pariétal » au tableau.

— C'est ainsi que l'on désigne les œuvres d'art réalisées par les hommes sur des parois de grottes ou d'abris-sous-roche. On parle aussi de peintures rupestres quand elles sont sur des rochers à l'air libre. Mais le plus étonnant dans tout cela, c'est que, des milliers d'années plus tard, on ne sait toujours pas vraiment pourquoi nos ancêtres peignaient ces scènes remarquables.

Sans lever le doigt, Charlotte a expliqué à la maîtresse que les hommes préhistoriques peignaient les animaux qu'ils avaient chassés, que c'était aussi simple que ça.

Madame Favard a souri et lui a répondu que non. Charlotte a pincé les lèvres, elle n'a pas l'habitude de se tromper et déteste ça.

— En fait, la plupart des bêtes représentées à la grotte Chauvet sont des animaux non chassés : des félins, des rhinocéros ou des mammouths pour les trois quarts. Et c'est étonnant, car ces animaux-là sont peu présents dans les autres grottes.

— À Lascaux, c'est surtout des aurochs et des chevaux, si je me souviens bien, ajoute Charlotte pour avoir raison coûte que coûte.

— C'est possible. Il y en a aussi dans la grotte Chauvet. On y retrouve également des bisons, des bouquetins, des ours, des rennes et des mégacéros, qui étaient des cerfs aux ramures gigantesques. Les scientifiques pensent que les hommes préhistoriques ne vivaient pas dans les grottes, trop humides et trop sombres, mais qu'ils les fréquentaient dans un but religieux. Ces peintures étaient peut-être réalisées pour les aider à invoquer des divinités lors de rituels magiques, c'est-à-dire à les appeler grâce à des prières.

— Ah, ouais ? Génial ! a-t-on lancé d'une même voix, Adam et moi.

— Mais ce pourrait être aussi des représentations mythologiques, tu vois Charlotte, ce n'est pas aussi simple que ça.

Les trucs magiques, on adore. Et quand la maîtresse contredit Charlotte par la même occasion, nous, ça nous plaît bien.

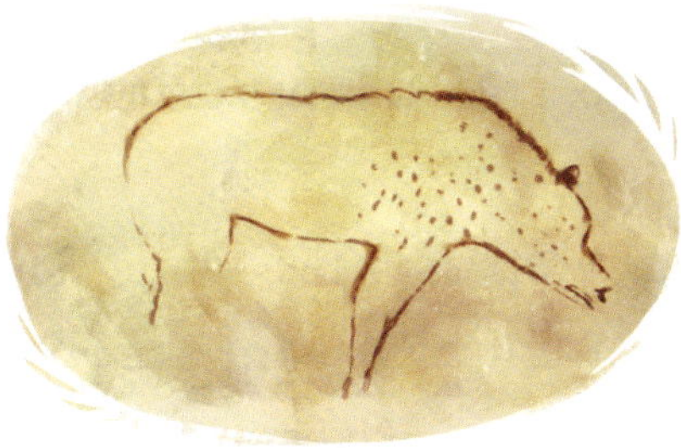

CHAPITRE 2

La grotte Chauvet 2 – Ardèche

Le jour J, nous sommes montés dans le car, pour deux heures de voyage sur les routes sinueuses de l'Ardèche. Nous étions tous excités par la sortie scolaire de fin d'année.

— Grotte Chauvet 2 ! Terminus ! a braillé notre chauffeur en se garant.

Alors la maîtresse a fait un tas de recommandations avant de nous laisser descendre et on a dû promettre d'être ultra sages pour avoir le droit d'entrer dans le site.

— Nous allons commencer la visite par la reproduction de la grotte Chauvet, puis nous découvrirons ensuite la galerie de l'Aurignacien, le musée interactif sur la préhistoire. Ça va vous plaire, je pense, de voir grandeur nature les animaux représentés dans la grotte et d'apprendre en interagissant avec des écrans, a ajouté la maîtresse. Ensuite ce sera l'heure du déjeuner.

À l'évocation du pique-nique, on a tous sauté de joie. Madame Favard a fait la moue, contrariée de voir notre intérêt pour les sandwichs surpasser celui de la sortie culturelle.

— Quelqu'un peut me dire ce qu'est l'Aurignacien ? a-t-elle continué, pas vraiment décidée à nous faire descendre malgré notre impatience.

— Un homme préhistorique ! avons-nous crié.

— L'Aurignacien, c'est surtout une période de la Préhistoire qui correspond à l'arrivée de l'homme moderne, l'*Homo sapiens*, notre ancêtre direct.

Nous étions tous debout et prêts à partir à la conquête de l'Aurignacien, mais la maîtresse a fait taire le brouhaha d'un geste de la main, pour continuer l'énumération de notre emploi du temps.

— Après le repas, vous participerez à un atelier de peinture à l'ocre et au charbon de bois pour découvrir la manière de faire de l'époque. Sur des parois. Madame Taradel, la maman de Maya qui nous accompagne aujourd'hui, prendra en photo vos productions pour les mettre en ligne sur le site de l'école.

Un murmure de contentement a parcouru notre groupe, les copains adorent montrer leurs œuvres à leurs familles qui s'extasient à tous les coups. Sauf moi. Enfin, cette fois-ci, on allait devoir imiter la manière de faire de nos ancêtres lointains… *A priori*, malgré les moqueries des copains, mon gribouillis n'aurait pas de mal à rivaliser.

Pendant la descente du car, j'ai entendu Charlotte dire qu'il n'était pas question qu'elle peigne avec les doigts car elle détestait toucher les trucs visqueux. Une bonne idée d'excuse que je pourrais reprendre à mon compte.

Sac sur le dos, on s'est mis en rang dans la

file d'attente, avant de pénétrer dans la grotte Chauvet 2.

Comme prévu, il faisait sombre et un peu froid. Jeremy, le guide, nous a expliqué que nous allions découvrir la reproduction d'un site appartenant au patrimoine mondial, d'une valeur exceptionnelle, unique par sa taille et sa bonne conservation. Adam m'a donné un coup de coude. Je lui ai rabattu sa mèche sur les yeux et la maîtresse a lancé un « tsst tsst » mécontent.

— La grotte Chauvet est ce qu'on appelle une grotte *ornée*, parce que les hommes préhistoriques ont dessiné sur les parois. Des chevaux, des lions, des rhinocéros, des ours et bien d'autres animaux encore, courant, chassant ou s'affrontant. Vous avez envie de les voir ?

— Ouiiiiiiiiiiiiiiiii, a-t-on tous crié.

Serrés les uns contre les autres, on avance sur la passerelle qui serpente dans la caverne. Jeremy nous parle des ours qui hivernaient dans cette grotte. Oui, les ours n'hibernent pas, ils hivernent, car l'ours somnole et peut se réveiller à tout moment et même donner naissance à ses petits pendant l'hiver. Alors que les animaux hibernants, comme les marmottes, sont en léthargie et ne se réveillent qu'au printemps.

— C'était l'ours des cavernes, une espèce qui n'existe plus. Malgré sa taille imposante, cet ours était essentiellement végétarien. Vous voyez ces creux dans le sol, les enfants ? On appelle cela des *bauges*, c'est une sorte de nid, c'est là qu'ils dormaient.

— Et ces traces sur les parois, ce sont des coups de griffes ? le coupe Adam.

— En effet. C'était leur domaine, ici. On a retrouvé beaucoup d'ossements d'ours. On voit aussi qu'ils se frottaient contre les parois pour ne pas se perdre dans la grotte : ils ont même effacé quelques peintures...

— Les hommes n'avaient pas peur de venir peindre dans la grotte des ours ? demande Léo.

— On ne sait pas. Peut-être qu'ils y venaient seulement en été, quand les ours avaient quitté les lieux. Mais je vous répète que ces ours n'étaient pas carnivores. Et puis ils étaient de nature solitaire, on ne risquait pas d'en croiser plus d'un à la fois dans une caverne. À part une mère et ses oursons, bien sûr.

— Alors les hommes préhistoriques les tuaient pour prendre leur grotte ? interroge Charlotte d'un air réprobateur.

— Non, on n'a pas retrouvé de trace de chasse et de découpe sur les ossements d'ours dans la grotte, jeune demoiselle. On continue la visite.

J'étais encore en train d'observer les traces de griffes quand le groupe s'est avancé vers les premiers dessins faits à l'ocre rouge.

— Dépêche-toi, Max ! m'appelle Adam. Tu vas tout rater.

— J'arrive... mais tu sais, moi, les barbouillages sur les murs, ça ne me passionne pas vraiment. Les ours par contre...

Adam me tire par la manche, je le suis en marmonnant que je préférerais rester observer les énormes griffures.

Nous voilà à l'arrêt devant une paroi recouverte de grosses taches couleur sang, bien moins passionnantes que les traces d'ours.

— Pour réaliser cette peinture, les hommes préhistoriques ont enduit la paume de leur main d'ocre rouge, qu'ils fabriquaient eux-mêmes, avant de l'appliquer sur la paroi. L'ensemble des points forme une figure animale, nous explique Jeremy. Vous voyez ?

— Le seul truc que je vois, ricane Hugo, c'est qu'il avait le petit doigt tordu, l'artiste peintre !

On s'approche tous pour voir cette petite anomalie imprimée sur la roche et on éclate de rire. Jeremy confirme et félicite Hugo pour sa perspicacité. Quant à moi, cette première technique ancestrale me rassure : pour une fois, je vais être capable de faire aussi bien à l'atelier.

— C'est quoi l'ocre ? demande Charlotte.

— C'est un pigment, une poudre, que l'on obtient en écrasant de la pierre. Pour obtenir du rouge, les hommes préhistoriques broyaient de l'hématite qui contient du minerai de fer. Puis il fallait ensuite la diluer pour la transformer en peinture, alors ils mélangeaient leur poudre avec de l'eau de la grotte, de la moelle, de la graisse, parfois même de l'urine ou de la salive.

— Beurk !

Un cri de dégoût parcourt notre groupe, puis on se met à rire et à parler tous en même temps. La maîtresse doit intervenir pour nous faire taire avant de promettre à Charlotte que l'ocre d'aujourd'hui ne se fait plus avec les mêmes liants, comme elle appelle ces substances qui permettent de le transformer en peinture.

Enfin, nous pouvons continuer la visite, tandis que Charlotte explique à Maya qu'elle ne participera quand même pas aux travaux pratiques car elle n'a pas confiance. Quand elle a décidé quelque chose, celle-là, il est difficile de lui faire changer d'avis !

— Regardez par ici les enfants. Les hommes préhistoriques ne peignaient pas que des signes ou des empreintes de mains avec le pigment rouge : il existe également de nombreux animaux de cette couleur dans notre caverne ardéchoise. Vous êtes devant le « panneau de la panthère », on y voit un ours des cavernes imposant et une petite panthère des neiges, juste devant lui.

Je me plante face au dessin. J'aime l'ours, avec ses petites taches représentant sa fourrure, sur la gueule et le poitrail. Mais que fait donc une panthère entre ses pattes ? C'est étonnant, on les croirait amis...

— La panthère que vous voyez ici est l'unique représentante de son espèce dans la grotte, mais aussi dans tout l'art paléolithique européen ! Tout comme le hibou que vous allez voir plus loin. Venez avec moi.

On suit Jeremy jusqu'à nous retrouver devant la gravure du rapace.

— Là encore, il s'agit de la seule représentation d'un hibou dans tout l'art pariétal. Ça veut dire qu'on n'a pas retrouvé d'autres dessins d'un animal de son espèce sur les parois de grottes ou d'abris, de toute la préhistoire. À cet endroit, dans la véritable grotte Chauvet, la paroi était molle. L'artiste n'a donc pas pu dessiner à l'ocre ni au charbon. Il a tracé au doigt directement dans la matière pour faire apparaître les ailes qui semblent être vues de dos alors que la tête du hibou est représentée de face.

— Elle est souple, la bestiole, ricane Adam.

— En tout cas, il est trop mignon... affirment toutes les filles, à tour de rôle.

Jeremy leur sourit avant de continuer.

— La prochaine salle abrite les peintures au charbon de bois. Pour obtenir ce matériau, les hommes préhistoriques brûlaient des branches de pin. Ils en faisaient des torches et, quand elles s'étaient consumées, ils se servaient du résidu, devenu du charbon, pour peindre.

On découvre des animaux aux traits noirs, bien dessinés. C'est alors que mon sourire s'envole.

Il n'est plus question de petits points sur la paroi, là ! Un cheval brossé, un petit rhinocéros, un bison, un mégacéros, un bouquetin... Bon, avec le modèle à côté, je pourrais faire presque aussi bien. Quoique.

C'est alors qu'apparaît la fresque finale. Celle qui est dans la salle du fond. Un chef-d'œuvre à l'état pur.

On y voit un groupe de lions qui chasse un troupeau de bisons, trois petits mammouths, un cheval dans une alcôve, au centre, un troupeau de rhinocéros en fuite sur la gauche. Et, sur le devant de la scène, encore des félins, mais noirs et rouges cette fois-ci. Grâce au relief de la pierre et à leur technique de dessin à répétition pour imiter le mouvement, on s'y croirait !

C'est magnifique. Magique. Somptueux.

— Quatre-vingt-douze animaux en pleine course qui surgissent de la paroi, annonce Jeremy.

— Waouh, ponctue la classe entière.

— Regardez ! Ici, une harde de lions mâles et femelles, poursuivant un troupeau de bisons en fuite. Oreilles en arrière, les prédateurs rugissent, la gueule de plus en plus ouverte à mesure qu'ils rejoignent leurs proies. Observez l'intensité de leurs regards.

Notre guide est enthousiaste. Comme si lui aussi la découvrait pour la première fois.

— On se croirait au cinéma, s'émerveille Charlotte.

Et, au fond, elle a raison, même sans le son ni le mouvement, on a l'impression d'y être. On peut imaginer le bruit de la traque et c'est grandiose.

Il faut bien l'admettre, il y a 36 000 ans les hommes préhistoriques peignaient déjà beaucoup mieux que moi.

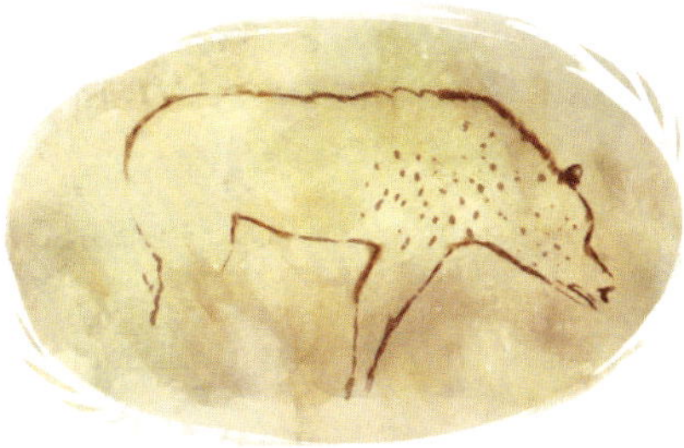

CHAPITRE 3
Tambour magique

La galerie de l'Aurignacien, c'est hyper cool. D'abord il y a des énormes animaux de l'époque, grandeur nature, tellement bien faits qu'on dirait des vrais. Il y a aussi des télés partout, avec des photos, des films et des cartes qui nous expliquent la vie en cette période glaciaire de la Préhistoire.

La maman de Maya nous a pris en photo, par petits groupes, devant l'animal de notre choix. Tout le monde voulait être à côté du mammouth géant. Le lion des cavernes n'a pas de crinière, le rhinocéros laineux a une très longue corne nasale et le mégacéros a vraiment des bois immenses. C'est le plus grand cerf de tous les temps. Léo a dépassé la barrière pour être photographié tout près de lui et s'est fait punir par la maîtresse.

L'ours des cavernes était le moins impressionnant de tous, mais j'ai quand même posé devant lui avec Adam.

Il y a aussi des mannequins d'hommes, de femmes et d'enfants préhistoriques tout habillés, des crânes, des vrais silex, une lance et surtout pleins d'écrans tactiles amusants qu'Adam ne voulait plus quitter, vu que ça ressemble à un jeu vidéo !

CHAPITRE 3

En début d'après-midi, après notre pique-nique tant attendu, notre guide Jeremy vient nous chercher pour nous emmener au pôle pédagogique, dans la grotte atelier.

À notre entrée dans la salle, on découvre toutes sortes de petits pots remplis de poudre, près d'une grande paroi vierge. On se précipite tous pour les toucher, sauf Charlotte. Pourtant, ce n'est même pas visqueux.

— Du calme les enfants ! lance notre guide. Avant de pouvoir s'en servir, il faut mélanger l'ocre avec de l'eau. Mais pour l'instant, venez vous asseoir par terre.

On obéit sans faire d'histoire. Jeremy est un chouette animateur et on aime bien écouter ce qu'il a à nous raconter.

— Dans la grotte Chauvet, les scientifiques ont trouvé des crânes d'ours disposés en cercle. Cette configuration permet de faire une hypothèse et de se poser des questions : les hommes préhistoriques pratiquaient-ils des cérémonies souterraines quand ils venaient peindre les parois ? Aujourd'hui, nous allons considérer que c'est une possibilité. Dans ce contexte, chaque tribu pourrait avoir possédé un chamane. Est-ce que quelqu'un sait ce qu'est un chamane ?

— C'est un animal ? propose Adam.

— Non, c'est un être humain, à la fois devin, guérisseur et sorcier. Une sorte de maître de cérémonie qui entre en transe pour visiter le monde des esprits et leur demander des réponses aux questions que se posent les hommes.

Maya lève le doigt.

— C'est quoi « entrer en transe » ?

— Comme il était un peu sorcier, le chamane parvenait, grâce au son du tambour, à envoyer son esprit visiter le monde invisible. Là-bas, il était censé demander aux forces de la nature de protéger sa tribu et de leur accorder de bonnes chasses.

— Mais ça n'existe pas en vrai de faire cela, pouffe Maya.

Jeremy lui sourit mystérieusement avant de se lever pour mettre en marche un lecteur CD. Le son d'un tambour envahit alors la pièce, accompagné de paroles incompréhensibles.

— Je vous propose aujourd'hui de vous mettre à leur place et d'intégrer la tribu préhistorique du Rhinocéros à Grande Corne. Vous allez peindre sur cette paroi pendant que notre chamane, que vous entendez là, tape sur son tambour et invoque l'esprit des animaux amis.

Tout le monde se lève dans un grand brouhaha. Les garçons s'amusent à imiter les cris du chamane, les bras au-dessus de la tête, histoire d'effrayer les copains.

Personne n'a remarqué que je ne peux plus bouger.

Mais qu'est-ce qui m'arrive ? Je suis complètement paralysé !

Au secours !

Aucun mot ne parvient à sortir de ma bouche, malgré l'angoisse qui me submerge. Le son du tambour résonne dans mon cerveau de plus en plus fort, puis son intensité se réduit. Une vague de froid me glace le sang. Je n'entends plus rien, je suis devenu sourd. Des picotements se font sentir sur mon visage et dans la paume de mes mains. Je me mets à trembler puis à respirer fort, comme si je cherchais à renifler. Je me transforme en animal ou quoi ?

Je me rends bien compte que tout ceci n'est pas normal, mais je ne peux rien pour l'arrêter. C'est comme si j'étais devenu un pantin. Mes cheveux me tombent devant la figure et je suis incapable de les relever. Et vraiment, tout ceci est super flippant.

Au secours !

Même mes yeux ne voient plus de la même manière le monde autour de moi. La pièce s'est teintée de vert, les murs ont disparu et les copains sont devenus flous. Un peu partout autour d'eux j'ai l'impression de voir bondir des sortes d'animaux sauvages, un loup, un cerf… Un ours ! Mes mains commencent à taper sur mon ventre et sur mes cuisses. Je grogne, je veux leur parler.

Non, non, pas du tout ! Je n'ai aucune envie de rester là ni de parler à des bestioles qui n'existent pas vraiment. Mais il n'y a rien à faire, je ne suis plus maître de mes mouvements.

La tête de l'ours grossit soudain et s'approche de moi en flottant. Je suis tétanisé. Arrivée sous mon nez, elle se transforme en un visage de petite fille aux cheveux très foncés.

Toi aussi tu aimes bien visiter le monde des esprits ? Tu viens souvent ?

J'entends sa voix, pourtant elle n'a pas bougé les lèvres. Je tente alors de lui répondre mais aucun mot ne sort de ma bouche ni de ma tête… Par contre je gronde. Je grommelle. Et je trouverais cela très amusant si ce n'était pas moi qui produisais ces sons.

La petite fille me sourit.

Tu ne sais pas encore bien voyager, hein ? Mais je suis sûre que tu as le pouvoir de m'aider à sauver Hununpa !

NON ! Absolument pas ! Voilà la réponse que je veux prononcer, mais rien à faire, impossible de m'exprimer de cette manière.

Le rire lointain de cette fille inconnue est la dernière chose que j'entends avant de perdre conscience. Je me sens aspiré à l'intérieur de mon corps avec une sensation de chaleur étouffante.

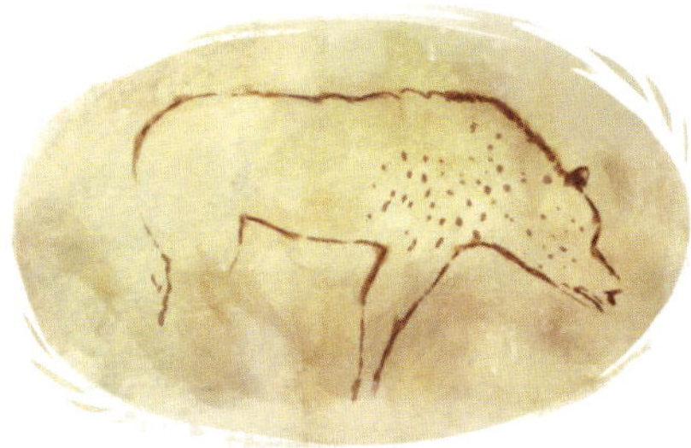

CHAPITRE 4
La métamorphose

Je suis en train de laper l'eau glacée de la rivière. Le vent caresse ma fourrure. Mes pattes avant sont mouillées, mes griffes s'agrippent dans les galets. Mon corps est massif et musclé. Mon estomac est vide. Je lève la tête. Ça sent le coq de bruyère, les feuilles d'arbre et l'ours. Face à moi se trouve un paysage couvert de neige. Au loin, j'aperçois le Pont d'Arc, cette falaise qui enjambe l'Ardèche en formant un pont naturel. Je ne suis pas loin de la grotte Chauvet…

La grotte Chauvet ! L'Ardèche ! L'atelier ! Mais qu'est-ce que je fais ici ? Et que suis-je devenu ?

Je me penche en avant pour guetter mon reflet.

Je fais un bond en arrière.

Qu'est-ce que c'est que ce délire ? Je me suis transformé en ours ?

Moi, Max... je suis un ours ?

Malgré la peur, je replonge mon regard vers l'eau de la rivière. La deuxième confrontation avec ma nouvelle image est moins terrifiante. J'essaie de comprendre mais rien ne vient. Ce que je vois c'est que mon ours a le front bas et le museau court, donc c'est un ours des cavernes. Enfin, JE suis un ours des cavernes, qui se balade au bord d'une rivière en Ardèche. Ce qui est impossible, vu qu'il n'y a plus d'ours depuis longtemps dans cette région.

J'entends alors un rugissement inquiétant qui s'élève des bois derrière moi. Un réflexe animal me saisit et je m'éloigne d'un bond dans la direction opposée. Mille questions s'affolent dans ma tête tandis que je traverse les buissons enneigés. Je grimpe à travers la végétation glacée en direction du sommet. Comme je suis puissant ! Et rapide. Mes muscles se tendent sous ma peau pendant de longues minutes de cavalcade.

Une odeur nauséabonde vient soudain frapper ma truffe ! Ça sent le moisi, la viande de renne et la sueur de fauve. Comment je sais tout ça, moi ?

Quelques mètres plus loin, trois félins sont en train de dévorer la carcasse d'un renne, je les vois sans être vu. Je me fige, le poil parcouru d'un frémissement. L'animal que je suis devenu n'a aucune envie d'aller se frotter aux carnivores à longues dents et se tapit derrière un buisson, la truffe en alerte.

C'est incroyable d'être un ours, les sensations sont tellement différentes ! Par contre, je m'interroge : il n'y a plus ce genre de lion depuis longtemps dans cette région de France... En fait, on dirait que j'ai sous les yeux les animaux peints par les hommes préhistoriques sur les parois de la grotte Chauvet.

Si je n'ai pas vraiment changé d'endroit, par contre, j'ai changé d'époque.

Calme-toi, Max, c'est juste un rêve.

Pourtant, tout cela a l'air diablement réel. Le froid sur mon pelage, les branches qui fouettent mon museau, les odeurs...

Je continue de courir avec mon corps d'ours, la végétation commence à se raréfier. Je vais bientôt arriver au point culminant. L'herbe jaune et gelée craque sous mes pattes. Le paysage de steppe que je viens de découvrir dans la galerie de l'Aurignacien s'offre à moi. Sauf que là, les six bisons sont bien réels, ils broutent sous mon nez avec leurs deux cornes immenses et recourbées, leurs oreilles terminées par un pinceau de poils et leur bosse sur le dos couvert de fourrure dense.

Je retourne me mettre à l'abri derrière un buisson. Je suis un ours des cavernes. Mon régime alimentaire est plutôt végétarien et je suis affamé. Cette période glaciaire est très rude.

Non ! Je suis Max, un garçon de neuf ans qui vit au XXIe siècle avec sa famille, dans une maison confortable et qui a plein de copains à l'école et...

L'ours en moi voudrait redescendre dans les bois à la recherche de nourriture. Il a envie, ou plutôt j'ai envie, de feuilles tendres ou d'herbes sèches agrémentées de quelques insectes. Mais non, beurk ! Pense à un bon plat de pâtes ! Rien à faire... j'ai envie de fourmis.

La truffe au sol, je traque la piste de ces minuscules insectes.

L'herbe gelée me chatouille le museau. Je reconnais vite l'odeur piquante et âcre laissée par une colonie de fourmis. Je renifle leur acide formique et longe le rocher pendant quelques mètres. Puis, un relent bien plus fort me stoppe net. C'est une odeur de prédateur. Une odeur de mâle.

Soudain, le vent se lève et je ne sens plus rien. Je replonge la gueule dans une touffe d'herbe, mes fourmis ne sont plus qu'à quelques mètres. Je continue mon avancée, ma langue sort de temps en temps pour lécher le sol. Pouah ! Elles sont là. Dans ma bouche, sous mes dents. Les petites fourmis qui me picotent le palais.

C'est désagréable. Mais mon ours aime ça et, bien malgré moi, je sors ma langue pour croquer ces horribles petites bêtes.

En levant enfin le nez du sol, je découvre un gros trou dans la roche, au-dessus de moi. Mon instinct me dit d'y aller. Je comprends que je suis à la recherche d'un coin tranquille pour hiverner, dans quelques nuits.

Pour y entrer, il faut grimper sur un rocher puis effectuer un petit bond. Rien d'impossible.

Je préfère cela au grignotage de fourmis ! Un corps d'ours, c'est puissant et je saute facilement à l'intérieur. Il y fait assez sombre. La caverne doit être profonde. Je renifle l'humidité et cette forte odeur de fauve qui m'avait inquiété tout à l'heure. Un lion des cavernes a dû venir par ici il n'y a pas si longtemps...

À peine ai-je pensé cela qu'un rugissement résonne dans la grotte, tandis qu'un animal, toutes dents dehors, se jette sur moi. Un fauve dépourvu de crinière.

Je grogne, babines retroussées, en reculant aussi vite que possible. Pour sortir de ce guet-apens, il faut se retourner. Et sauter.

Tourner le dos à un lion en colère, quelle mauvaise idée... Alors que je m'apprête à quitter sa tanière, une douleur fulgurante me déchire le flanc et la cuisse : les griffes du fauve viennent de se planter dans mon pelage.

Je saute malgré tout. Mal. Je glisse sur le rocher. Je gronde. J'ai peur. Je m'éloigne en boitillant.

Enfin je me retourne, il n'est pas derrière moi. Je m'arrête pour regarder et lécher ma blessure. Quatre grands sillons lézardent ma fourrure et la poissent de sang.

L'odeur risque de m'attirer des ennuis. Je me hâte de la faire disparaître à coups de langue. Le goût du sang est pire que celui des fourmis. Mais il faut lécher, vite.

Quand je lève les yeux, l'horrible lion est là. Tapi dans un fourré, la queue touffue battant l'air. Il ne me quitte pas de ses yeux fous. Prêt à m'achever.

La terreur me submerge et je grogne une dernière fois avant d'entendre une voix féminine qu'il me semble reconnaître…

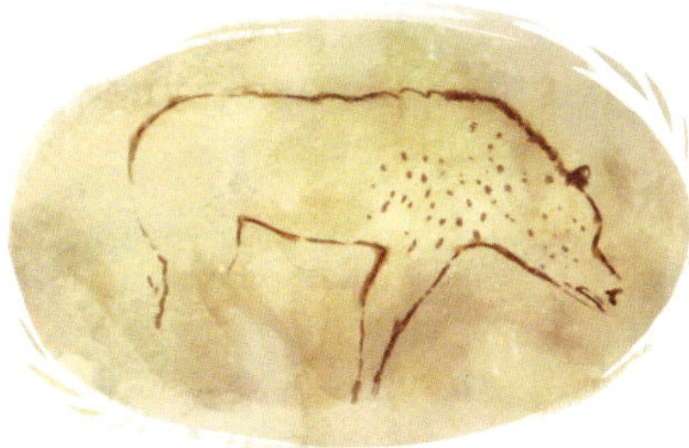

CHAPITRE 5

Retour à mon époque

— Max ! Max, ça va ? Reviens avec nous, mon grand.

Le lion a les yeux bleus et de longs cils noirs, comme ma maîtresse, ainsi qu'une courte crinière brune. Il tapote ma joue avec sa main fraîche. Tous les copains font cercle autour de moi dans un brouhaha où j'entends mon prénom répété en boucle.

— Écartez-vous, les enfants, finit par dire madame Favard, qui n'a vraiment rien à voir avec un lion des cavernes aux longues dents.

Je roule des yeux apeurés. Suis-je bien hors de danger ?

— Tout va bien. Tu t'es évanoui quelques secondes, mais c'est fini… me dit la maîtresse, sur un ton qui trahit son inquiétude. Bois un peu d'eau, tiens.

Les copains ont disparu. Madame Taradel, la maman de Maya, les a entraînés plus loin. Mon cœur saute encore dans ma poitrine. Je n'ai jamais fait un rêve aussi réaliste de ma vie.

— Madame, qu'est-ce qui s'est passé ? Max va bien ?

C'est la voix de mon meilleur copain. Il faut absolument que je lui raconte ce qu'il vient de m'arriver.

— Ça va, Adam. Ça va...

— Tu es sûr, mec ? Parce que tu viens de grogner comme un animal avant de perdre connaissance au moins dix secondes !

Dix secondes... Mais c'est très peu. J'ai pourtant l'impression d'avoir vécu dans la peau de l'ours une bonne demi-heure, moi.

— Tu vas aller te reposer à l'infirmerie, Max. Madame Taradel va t'y conduire, m'annonce la maîtresse en feignant un sourire.

— Non, non ça va je vous assure. Je me suis juste… endormi. Je vais me mettre dans un coin pour me reposer un peu.

— Je peux rester avec lui, madame, s'il vous plaît ? demande Adam en secouant la tête d'un geste vif pour ôter sa mèche brune qui lui tombe sans cesse sur les yeux.

La maîtresse finit par accepter de nous laisser à l'écart du groupe, le temps que je reprenne mes esprits. Elle demande cependant à Adam de la prévenir si je me sens mal.

— C'était trop dingue, mon pote ! Il faut que je te raconte.

— De quoi ? Ton rêve ?

— C'était pas un rêve, je ne sais pas ce que c'était mais c'était pas un rêve… Je me suis retrouvé projeté dans la préhistoire, en mode réalité virtuelle, plus vraie que nature. J'étais un énorme ours des cavernes, mais je ressentais tout, les odeurs, la douleur, tout !

Comme Adam est le plus grand geek de

notre école, je sais que je vais l'intéresser si je compare ma drôle d'aventure à un jeu vidéo. Il me pose un tas de questions. Je lui parle du combat, de la blessure, de la peur… mais pas de la fille aux cheveux noirs. Étrangement, c'est la partie de mon voyage qui me semble la plus bizarre. Je veux bien me retrouver projeté dans le corps d'un animal mais avouer que j'entends des voix, c'est autre chose. On pourrait me prendre pour un fou ! J'en rajoute, par contre, sur l'attaque du lion des cavernes qui n'a duré en fait que quelques secondes. Et c'est en levant les bras pour mimer le fauve qui se jette sur moi, que mon tee-shirt se soulève un peu.

Adam fronce les sourcils.

— T'as quoi sur la peau, là ?

On regarde ensemble. Sur mon flanc quatre cicatrices profondes qui paraissent anciennes alors que je ne les ai jamais vues, descendent vers ma cuisse.

— On dirait les griffes du lion. C'était exactement là que… mais c'est impossible !

— J'hallucine, s'exclame mon meilleur ami, qui commence à croire en mon histoire de dingue.

Le tambour se fait de nouveau entendre. Jeremy a réenclenché le CD, et tout le monde s'est remis à la peinture.

Le son semble vibrer en s'insinuant dans mes oreilles, je grimace.

Le rythme saccadé résonne dans ma cage thoracique. Ma respiration s'accélère, mon nez se fronce et mon corps se remet à trembler sans que je puisse rien y faire. Je comprends à la tête d'Adam, qui me regarde d'un air épouvanté, que je ne dois pas être très beau à voir.

— Hé, Max ! Tu vas repartir là-bas ou quoi ?

— Je… je…

Impossible de dire quoi que ce soit, la paralysie me gagne de nouveau. C'est cette musique ! On dirait que le battement du tambour vibre dans mon corps jusqu'à me faire changer de réalité. Je lance des regards affolés à Adam pour tenter de lui demander de couper la chaîne Hi-Fi. Mais mon copain ne comprend pas. Il m'attrape les épaules et me secoue encore plus, accentuant mon passage dans l'autre monde.

J'entends un air de flûte, lointain. Une voix de fillette m'appelle. Le visage en panique d'Adam disparaît tandis que mon corps est aspiré par le bas, dans le néant. Un cliquetis assourdissant vrille mes oreilles et, soudain, c'est le silence. Il fait noir.

J'ai de nouveau été projeté... ailleurs. Deux immenses yeux dépareillés s'éclairent juste devant moi et me font sursauter de terreur.

Au secours ! Sortez-moi de là !

Je sens un souffle puant sur ma figure.

— *Hra weï druu smeïh. Nor arch néï eest, so heïc vansmett ! So brüuu hum vähcuu wa cset !*

Un crâne de cerf aux larges bois, qui remue de gauche à droite, me fait face. Je recule de quelques pas, effrayé. Il fait toujours aussi sombre. Je trébuche aux pieds d'un homme dont la tête est ornée d'ossements.

— *Hjoör* Gombokhum ! Moi Gombokhum. Toi va-t'en ! Pas venir ! Mourir...

Comme un animal en colère, il termine sa phrase par un grognement qui soulève ses babines et me laisse apercevoir ses dents pointues. Je veux fuir mais je ne connais pas le moyen d'arrêter ce jeu vidéo là !

D'un geste vif, l'horrible bonhomme préhistorique brandit un bâton sous mon nez et vient en planter la pointe dans le gras de ma joue. Je ne bouge plus.

— Partirrrrrrr ! hurle Gombokhum.

J'essaie de secouer la tête pour lui dire que je suis complètement d'accord quand il me semble percevoir la voix de notre animateur.

— Max ! Est-ce que tu m'entends ? Max, reviens. J'ai coupé les tambours chamaniques, reviens parmi nous.

Ma tentative pour répondre à Jeremy ressemble à un râle de chat qui a un truc coincé dans la gorge. La salle de l'atelier réapparaît devant moi, je vois les copains qui dessinent sur le mur du fond et Adam, affolé, qui se précipite vers madame Favard. Sauf que derrière lui, j'aperçois encore la silhouette évanescente du terrible Gombokhum. Je la montre du doigt, envahi de panique. La maîtresse s'avance vers moi, l'air vraiment inquiet.

— Y a-t-il une infirmière sur le site ? demande-t-elle.

Jeremy arrive à son tour et s'agenouille pour me mouiller le front avec un essuie-tout trempé dans un verre d'eau.

— Oui, mais je pense qu'il est seulement affecté par le son du tambour qui lui a provoqué une sorte de transe. Certaines personnes y sont plus sensibles que d'autres.

— Une transe ? répète la maîtresse d'un air sceptique. Ce qui est sûr c'est qu'il doit se reposer au calme. Pouvez-vous vous en charger ?

Elle semble très inquiète, mais je le suis plus encore. Le chamane terrifiant, son bâton pointé vers moi, me menace toujours au milieu de mes copains de classe.

— Toi le garrrrçon ! aboie-t-il. Pas revenirrr dans notrrre temps ! Jamais !

— Ici… Il est ici, il m'a suivi… le sorcier !

— Qu'est-ce qu'il dit ? Pouvez-vous le porter ? Je ne crois pas qu'il soit en état de marcher… Madame Taradel va vous accompagner.

— Oui bien sûr. Je vais le mener à Caroline, l'infirmière. Que les enfants terminent leur animal au charbon de bois, je reviens dans quelques minutes pour leur apprendre la technique des mains négatives avec de l'ocre.

Jeremy tente de me relever mais les deux mondes qui se superposent dans mon champ de vision n'aident pas à mon équilibre. Je parviens à me mettre debout au moment où Gombokhum, brandissant son bâton avec fureur, semble vouloir l'abattre sur la tête d'Adam.

— Attention !

Je hurle. Mais il n'est pas réel... enfin, il n'est pas vraiment là. Pourtant, un bruit de chute, comme une explosion, fait hurler la classe entière.

Puis, c'est le silence, seulement interrompu par les gémissements d'Adam.

Une étagère en bois vient de se décrocher du mur entraînant au sol les moulages de crânes qui y étaient exposés. Pile sur le pied droit de mon meilleur copain.

Gombokhum a disparu. Mais sa voix résonne toujours dans ma tête.

Pas revenirrr ! Pas revenirrr ! Tous souffrirrr !

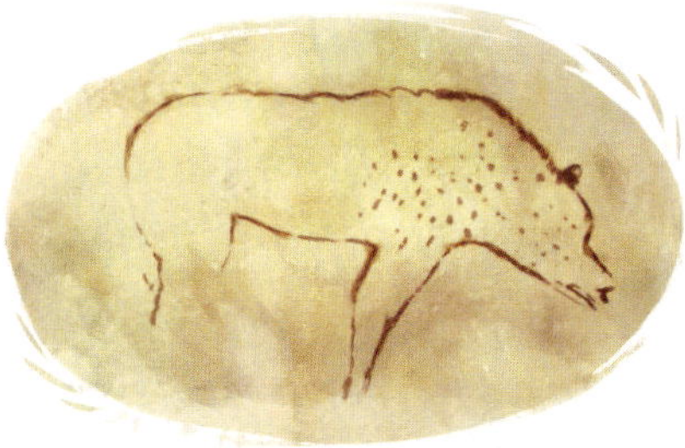

CHAPITRE 6

À l'infirmerie

Caroline a les mains fraîches. Elle aide Jeremy à m'allonger sur un lit blanc tandis que la maman de Maya, qui a soutenu mon copain Adam jusqu'à l'infirmerie, le fait asseoir sur un petit fauteuil rouge, tout près de moi.

— Eh bien les garçons, c'est pas la grande forme, on dirait.

— Je pense que mon orteil est fracturé, grommelle Adam pendant que madame Taradel lui retire doucement sa basket.

— Je vais venir voir ça, promet Caroline.

S'éloignant un peu de nous, les adultes continuent leur conversation en ayant l'impression qu'on ne les entend pas.

— C’est une transe. Y a rien que tu puisses faire, chuchote Jeremy.

— Je vais quand même lui donner un petit calmant, on ne sait jamais.

— Mais c’est inutile, Caro ! La transe est juste un état modifié de conscience qui lui fait percevoir d’autres mondes que le nôtre. C’est le son du tambour qui l’a propulsé dans cet état-là, explique notre animateur tandis que son amie infirmière s’occupe à présent du pied d’Adam.

— Aïe ! grogne mon copain quand elle lui enlève sa chaussette et tente de faire bouger ses doigts de pied.

L'explication de Jeremy me rassure un peu. Je ne suis pas fou, je perçois d'autres mondes à cause du CD qu'il nous a fait écouter. Mais est-ce des mondes réels ? Parce que l'étagère est bel et bien tombée dans notre réalité ! Et les marques sur mon corps sont réelles, elles aussi.

J'ai encore la tête qui tourne. Et je dois l'avouer, je suis mort de peur.

— Rien de cassé mon grand, mais tu vas avoir un sacré bleu. Je vais te donner de l'arnica, annonce Caroline à Adam.

— Vous êtes sûre ? Non parce que là, quand même, je ne peux plus poser le pied par terre !

L'infirmière se redresse et repousse d'une main la mèche qui tombe sans cesse sur les yeux d'Adam. Mon copain ne dit rien, lui qui a horreur qu'on lui touche les cheveux.

— Mais je comprends que tu dois avoir bien mal, lui assure-t-elle avant de se retourner vers Jeremy et la maman de Maya.

— Je les garde tous les deux, vous pouvez rejoindre les autres.

— Pas de sédatif et surtout le tenir éloigné de l'atelier, ordonne Jeremy, un doigt pointé sur moi, en quittant la salle.

— Mais oui, soupire Caroline.

Puis elle s'avance vers moi, un verre d'eau à la main.

— Tiens, ça va te faire du bien, me dit-elle en me tendant malgré tout un petit médicament.

J'avale le cachet en m'étranglant à moitié.

J'espère que c'est elle qui a raison, au fond, et que tout va disparaître quand je serai un peu plus calme.

Après avoir passé de la crème sur le pied d'Adam, Caroline nous demande d'être sages quelques minutes, le temps pour elle d'aller s'occuper d'un autre groupe d'enfants.

À peine a-t-elle franchi la porte que je me redresse d'un bond pour parler à Adam :

— C'était le chamane de l'autre monde, Gombokhum ! C'est lui qui a jeté l'étagère par terre. Pour me faire peur.

— Quel chamane ? Je croyais que tu avais vu un ours et un lion, là-bas.

— Eh bien cette fois-ci j'ai vu un horrible chamane à cornes, mon pote ! Avec des yeux terrifiants ! Et il m'a suivi dans notre monde avant de me menacer car il ne voulait plus que j'y retourne. Je te jure ! Je flippe trop... Il m'a même dit que si je m'obstinais à revenir malgré tout, on allait tous souffrir.

— Non, tu rigoles ? Parce que là, c'est moi qui ai ramassé quand même ! Tu l'as vraiment vu détruire l'étagère ?

— Je te jure, mec. Il ne faut surtout pas que tu me laisses repartir là-bas.

J'avais juré. Adam était désormais aussi effrayé que moi.

— Moi je veux bien ! Mais je dois faire quoi ?

— Il ne faut plus JAMAIS que le son du tambour parvienne à mes oreilles.

— Il te faudrait des bouchons d'oreilles... On pourrait demander à l'infirmière si elle en a ?

— Bonne idée.

— Tu crois que ton chamane est encore ici ? Qu'il nous surveille ?

On regarde à droite. À gauche. Pas un bruit... Pourtant les yeux d'Adam s'écarquillent soudain. Il entrouvre la bouche et je regarde ce qu'il me montre du doigt : la poignée. Elle bouge tout doucement.

— Tu... tu crois que c'est lui ?

BANG ! La porte s'ouvre alors avec fracas et un être grognant nous fait face, sa sombre chevelure sur les yeux et ses mains en avant, telles les griffes d'une bête sauvage. Adam hurle et je crois que moi aussi... enfin, une demi-seconde.

— Non mais Charlotte, ça va pas ? T'es dingue ou quoi ?

Très fière de son effet, notre copine de classe savoure son succès. Elle nous a réellement fait peur et s'imagine dotée d'un grand talent d'imitation.

— J'ai fait semblant d'avoir mal à la tête. Pas question que je trempe mes doigts dans leurs mixtures, à l'atelier ! L'infirmière est là ?

— Bon sang, mais Charlotte ! FERME CETTE PORTE ! Tout de suite ! Sinon Max va entendre la musique du CD de Jeremy !

Adam saute par terre, malgré la douleur à son pied, puis claudique jusqu'à l'entrée pour s'en charger lui-même.

Charlotte, pétrifiée au centre de la pièce, nous regarde comme de vrais martiens.

— Ouh là ! Mais vous êtes complètement allumés, tous les deux. Qu'est-ce qui se passe ici ?

La porte fermée, le son des tambours disparaît presque tout à fait.

— On n'est pas cinglés. C'est toi ! Regarde ce que tu as fait, dit-il à Charlotte en tendant le bras vers moi.

Je suis debout près de la table d'examen, incapable du moindre geste. Pourtant l'autre monde ne m'a pas encore totalement accaparé, d'un regard effrayé je tente de faire comprendre à ma copine sa dramatique erreur. Adam en rajoute une couche :

— Le son des tambours ! En ouvrant la porte, tu as fait entendre à Max le son des tambours. Cette musique l'envoie direct « je n'sais pas où », là où il y a un sorcier décidé à nous supprimer. Lui comme MOI, s'énerve-t-il, un doigt pointé sur son pied.

— Ça va pas mieux, vous ! Vous êtes repartis dans votre délire ? C'est quoi comme jeu ?

C'est alors qu'une voix fluette, dans ma tête, me crie : *N'écoute pas Gombokhum ! Reviens sauver notre vieil ours, s'il te plaît ! Il est un esprit ami. C'est notre totem. Le lion va le tuer... et les hommes de mon clan vont faire des habits avec sa fourrure. Toi aussi tu es lié à Hununpa, maintenant ! Et tu as le pouvoir de le sauver.*

En réalité la petite voix douce a parlé en syllabes courtes et sifflantes, pourtant j'ai très bien compris ce qu'elle était en train de me dire. Je parle le préhistorique maintenant ?

— C'est pas un jeu. Regarde-le ! C'est réel !

— Ah bon ? s'étonne Charlotte. Moi je croyais que Max faisait semblant depuis le début. Pour éviter l'atelier de dessin.

Adam et Charlotte m'agrippent alors les bras et tentent de me maintenir éveillé avec de petites claques sur les joues. Je les vois de plus en plus flous. Je ne vais pas être capable de lutter…

La petite fille aux cheveux noirs continue à me supplier, dans ma tête.

Va sauver notre ours, je t'en prie. Je m'appelle Magda et je suis la fi…

Je murmure avec difficulté :

— Vas-y toi-même !

— Quoi ? grogne Adam. Aller où ?

Voir… peinture de l'ours… ocre… grotte.

Je tente de répéter ce que je viens d'entendre à mes amis :

— Ours... ocre... grotte.

— Qu'est-ce qu'il dit ? Max, reviens ! Max, réveille-toi !

— Mais chut, Adam ! Il essaie de nous dire quelque chose...

Un petit courant d'air glacé me bat la truffe, transportant vers mes narines une odeur de sang, de peur et de félin en sueur. Pourtant, ce sont les visages aux grands yeux interrogateurs de mes deux copains de classe que je vois encore devant moi.

— Oh non... il va se faire dévorer par le lion s'il y retourne et en plus l'espèce de chamane risque de me balancer un nouveau truc sur la tête, s'affole Adam.

L'image de l'infirmière qui revient dans la salle se superpose à celle du lion des cavernes, toutes dents dehors, face à moi.

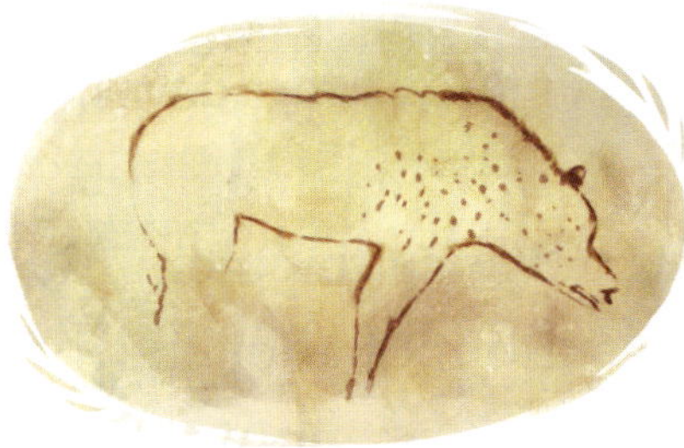

CHAPITRE 7

Charlotte et Adam à la rescousse

Je vais laisser Adam raconter ce passage de mon aventure, car, pour être tout à fait honnête, je ne me souviens de rien. Je suis en train de livrer un combat à mort, dans une autre époque, un autre corps et un autre lieu…

Max est vraiment dans un sale état quand l'infirmière déboule de nouveau dans la pièce. Le corps de mon copain tressaute dans tous les sens et ses yeux roulent dans leurs orbites. Caroline nous pousse sans ménagement, Charlotte et moi, et fait asseoir Max sur le petit fauteuil rouge. Puis elle attrape une serviette, la mouille et lui frotte les tempes. Elle lui tient la tête et lui parle pour lui faire reprendre conscience.

C'est clair qu'à ce moment-là, on flippe grave. Enfin, surtout Charlotte.

On tente malgré tout de convaincre l'infirmière que Jeremy a raison.

— Max ne supporte pas le son des tambours, c'est ma faute, il a refait une crise quand j'ai ouvert la porte et qu'il les a réentendus. Mais je ne savais pas... s'accuse Charlotte.

Quant à moi, je tente une explication complète de la situation :

— Et, dans cet état bizarre, il est projeté dans un autre monde, comme un rêve mais en plus réel. Sauf qu'il faut le sortir de là, car un chamane veut sa mort ! Et un lion des cavernes l'attaque à coups de griffes...

L'infirmière écarquille les yeux, genre elle ne nous prend pas au sérieux.

— Un chamane et un lion des cavernes, rien que ça ! Ne vous inquiétez pas les enfants, tout ce que voit votre copain pendant sa crise n'a rien de réel. Il s'agit d'un trouble du comportement passager, mais on va le soigner et tout va rentrer dans l'ordre, pas de panique.

Moi, ça me fait un peu disjoncter de l'entendre nous dire que ce qu'il vit se passe uniquement dans sa tête.

— Il a quand même les traces des griffes du lion sur son ventre et l'étagère m'est tombée dessus quand le sorcier maléfique a ordonné à Max de ne plus revenir dans son monde ! Jeremy a dit que...

Caroline me coupe d'une voix sèche :

— Jeremy n'est pas médecin.

— C'est quoi un trouble du comportement ? demande alors Charlotte, qui ne sait plus vraiment qui croire.

— Ça peut être un dysfonctionnement dans son cerveau qui lui fait prendre ses rêves pour la réalité, par exemple. Mais ça se soigne, ne t'inquiète pas.

Je grogne qu'un problème au cerveau n'a jamais fait apparaître de cicatrices comme par magie. Charlotte s'est accroupie près de Max qui gémit et qui transpire toujours. Il me fait un peu penser à mon chien, Sirius, quand il rêve qu'il course un lapin.

Et là, je me dis que je ne peux pas laisser mon pote dans cet état-là, avec une infirmière qui ne croit pas en son histoire. Il me faut alerter Jeremy que la transe a embarqué Max une nouvelle fois. Alors je mens : je bougonne que je dois prévenir la maîtresse et je sors en boitant.

Mon pied me fait ultra mal, mais je prends sur moi et je rejoins ma classe le plus vite possible pour demander à Jeremy de revenir à l'infirmerie afin de sauver mon meilleur ami.

À notre retour, Max jette toujours des coups de pied et de poings à tout va et respire fort. Charlotte tente de lui maintenir le bras droit mais la panique se lit sur son visage.

— En effet, il est retombé en transe.

Je m'en occupe, lance Jeremy en remontant ses manches.

— Non, réplique froidement Caroline. J'ai appelé le docteur Herbelin. Il sera là dans une demi-heure.

Je le supplie :

— Ne le laissez pas tomber, monsieur Jeremy !

— Oui, faites quelque chose, s'il vous plaît, rajoute Charlotte.

— Les enfants, allez rejoindre les autres, nous répond-il. Merci d'être venu me chercher, Adam. Je vous promets que je vais le sortir de là.

— Mais comment ?

Notre animateur passe une main dans ses cheveux clairs, un peu hirsutes.

— Retournez à l'atelier.

— On préférerait…

— Maintenant.

Forcés d'obéir, on quitte l'infirmerie en traînant des pieds – surtout moi – mais on reste derrière la porte à laquelle on se colle pour écouter. C'est Jeremy qu'on entend en premier :

— Caroline, je t'ai déjà expliqué que ce gamin est sensible au son du tambour chamanique. Il est en transe, tout simplement. Le docteur Herbelin ne pourra rien pour lui. Et le problème de la transe quand on est inexpérimenté c'est qu'on ne parvient pas toujours à en sortir seul.

— « Il est en transe, tout simplement ! » J'adore cette expression, comme si c'était évident, lui répond l'infirmière.

— Crois-en mon expérience, Caro. Je suis parti en Amazonie l'année dernière et je me suis essayé à la transe auprès de grands chamanes. Je reconnais les symptômes.

— Et qu'est-ce que tu comptes faire alors ?

— Ce que font les chamanes dans ce cas-là : aller le chercher moi-même.

— Oh là là, j'aime pas ça du tout ! s'inquiète Caroline.

— Je t'assure que c'est la seule solution. Il est actuellement dans le monde des esprits, et il est bien trop inexpérimenté pour éviter les mauvaises rencontres. Ça peut vraiment mal finir pour lui…

Charlotte et moi, on se regarde, affolés.

— On y retourne ! murmure ma copine.

Je lui fais signe de se taire pour continuer d'écouter la conversation.

— Je ne veux pas entendre tes histoires de monde des esprits, Jeremy ! Comment comptes-tu aller le chercher ? En te mettant dans le même état que lui ? ironise alors Caroline.

— Oui, je sais induire la transe par des tremblements en écoutant le son du tambour chamanique. J'ai appelé Cynthia pour qu'elle me remplace à l'atelier avec la classe de madame Favard, je vais me mettre à côté de lui et lancer le son dans mes écouteurs. Le tambour est comme un cheval qui te permet de rejoindre une autre réalité… Il faut juste que tu empêches les gens d'entrer dans l'infirmerie un petit quart d'heure, s'il te plaît.

— Ça m'a l'air d'être tout sauf une bonne idée !

— A-t-il dit quelque chose avant de partir de l'autre côté ?

— Je n'en sais rien, je m'étais absentée quelques instants, il était déjà comme ça quand je suis revenue.

On entend alors le lit grincer, puis le silence.

Je pose la main sur l'épaule de ma copine de classe.

— Il s'installe. Je crois qu'elle va le laisser faire… Il va aller chercher Max *là-bas* !

— Tu penses vraiment que c'est possible de récupérer quelqu'un comme ça, toi ? me souffle Charlotte avec un brin de scepticisme dans la voix.

— J'en sais rien. Il a l'air de savoir de quoi il parle, non ? Et puis c'est notre seule option, pour l'instant.

Je tire sur les fils de mon sweat jaune pour activer ma concentration. La dernière question de Jeremy me trotte dans la tête : Max avait bien prononcé quelques mots avant de se faire happer dans son étrange univers !

— Tu te souviens, toi, de ce qu'il a dit avant d'entrer en transe ?

— Oui ! Un truc comme : ours, ocre, grotte, c'était pas ça ?

— Tu penses qu'il parlait de la peinture de l'ours qui est dans la grotte Chauvet 2 ? Celle avec la panthère, faite à l'ocre rouge ?

Charlotte remonte ses lunettes sur son nez.

— Le mieux c'est encore d'aller voir, non ? On y trouvera peut-être un indice. Et puis, la maîtresse nous croit toujours à l'infirmerie...

— Je suis d'accord.

— Ça va aller, ton pied ?

La douleur, ce n'est plus très important, quand il s'agit d'aller sauver un copain ! Grâce à mon super sens de l'orientation acquis en me baladant dans tout un tas de jeux vidéo aux univers immenses, je retrouve facilement l'entrée de la grotte Chauvet 2.

Un groupe patiente devant avec un guide. Charlotte, qui n'a pas froid aux yeux, s'approche de la femme au tee-shirt orné d'une reproduction et lui dit :

— Bonjour madame. Est-ce qu'on peut retourner à l'intérieur ? J'étais à l'infirmerie parce que j'avais un peu mal à la tête et Adam m'a accompagnée. Ma classe est déjà dedans, je les vois, ce sont eux, là-bas.

En cette période de fin d'année, le site est plein de groupes d'enfants de différentes écoles. La jeune femme guide nous laisse entrer avec un sourire.

— T'es trop forte, Cha.

— Merci. Où est l'ours rouge ?

— Pas très loin. Là ! Je pense qu'il est derrière ces gens.

On se faufile entre les adultes.

CHAPITRE 7

Collés à la barrière, on est désormais nez à nez avec le dessin de l'ours qu'on a déjà admiré il y a quelques heures. Sauf que ce n'est plus du tout pareil… L'ours est très pâle, et son museau a déjà disparu. La petite panthère a perdu sa queue et quelques taches de son pelage sont en train de s'effacer sous nos yeux.

Autour de nous, tout le monde lance des « oh » d'étonnement. Je pense soudain à ce vieux film que j'adore, *Retour vers le futur*, et je m'écrie :

— Max est en train de changer le passé !

Charlotte, inquiète, tripote un bouton de sa robe.

— Tu crois pour de bon que son esprit a été projeté dans le passé ? Et... Et s'il meurt là-bas, il meurt aussi ici ?

— Ce serait horrible... mais possible ! Il a bien ces énormes cicatrices qu'il a ramenées de son combat avec un lion préhistorique. Quatre coups de griffes, larges comme ça !

J'écarte les mains pour mimer, les griffures ont à peu près la taille de ma manette de jeux.

— Alors, on n'a pas le choix. On doit rejoindre Jeremy et l'aider.

Ouais, moi aussi je trouve que Charlotte est pas mal courageuse, pour une fille. Je tente d'accélérer le pas, malgré la douleur, pour ne pas me laisser distancer. Mais quelque chose me tracasse.

— Dis donc Cha, si ce n'est qu'une copie, cette grotte, ce n'est pas le vrai dessin ! Pourquoi il s'efface, alors ? Tu crois quand même que c'est Max ?

Charlotte lève les yeux au ciel.

— Évidemment, car si la peinture originale n'existe plus, celle-ci ne peut pas exister... Elles s'effacent donc en même temps. Tu piges ?

— Pas vraiment... non.

— Je sais que tu as mal au pied, mais il faudrait qu'on se dépêche un peu, là, si on veut demander à Jeremy de nous emmener de l'autre côté.

J'ai du mal à marcher, c'est vrai, mais je suis surtout inquiet à l'idée de devoir visiter un autre monde méchamment dangereux où je peux me retrouver nez à nez avec un sorcier préhistorique capable de me balancer une étagère dessus. Alors je tire sur ma mèche en suivant Charlotte qui est, quant à elle, bien décidée à en découdre avec n'importe quel animal préhistorique pour sauver Max !

Quelques minutes plus tard, nous voilà de retour devant la porte de l'infirmerie.

— Qu'est-ce qu'on fait ? On toque ou on essaie de rentrer sans se faire voir ?

Charlotte, qui adore diriger les opérations, murmure :

— Allons-y en mode discret. C'est plus sûr. Pousse doucement…

L'infirmière n'est plus dans la salle. Max et Jeremy sont assis sur le lit, côte à côte, les yeux fermés, tremblants et en sueur. Le souffle de leurs respirations bruyantes ne me rassure pas, ils ont l'air de deux animaux traqués.

— Trop tard pour l'accompagner, on dirait. Jeremy est parti sans nous, souffle Charlotte.

J'avoue quand même que je suis un tout petit peu soulagé. Elle n'a pas entendu le récit de Max et je pense qu'elle ne mesure pas bien le danger de ce qu'on peut trouver là-bas.

On s'approche, Charlotte pose sa main sur l'épaule de notre guide et le secoue sans ménagement.

— Est-ce que vous avez rejoint Max, monsieur Jeremy ? Oh oh ! Vous m'entendez ? Est-ce que vous allez arriver à le ramener ? On peut vous aider ?

— Il peut pas t'entendre, Cha. Il a des écouteurs !

Je me penche à mon tour pour en retirer un de ses oreilles.

Charlotte répète sa question. Jeremy bredouille :

— Je... pas... rejoindre... Grand... Gombokhum... empêche...

— Il parle ! Adam, il parle. Tu as entendu ?

Ouais, j'avais très bien entendu. Et mon cœur venait de rater un battement.

— Bon sang, Chalotte, Jeremy a prononcé le nom du même chamane que Max... C'est la catastrophe, on va tous mourir !

J'avoue, la peur à cet instant m'a envahi tout entier, et je me suis mis à faire les cent pas en boitant dans la petite salle d'infirmerie, les deux mains sur mon visage.

— On va tous mourir !

— Arrête un peu. C'est Gomboucoum qu'il a dit, c'est ça ? C'est le nom du chamane ? On n'a qu'à demander à Max… Max, tu m'entends ? Jeremy vient te sauver mais Gomboucoum l'empêche de s'approcher de toi !

Pas de réponse de notre copain déconnecté.

— Max, si tu m'entends, serre ma main, ajoute Charlotte qui ne compte pas s'avouer vaincue si vite.

Toujours rien. Jeremy, par contre, continue à prononcer quelques mots :

— esprit ami… sauver ours… Totem… Max…

— Max ! hurle à présent Charlotte. Jeremy te dit de sauver un ours ! C'est bien ça, Adam ? Tu as compris la même chose que moi ? Adam !

Arrête un peu de marcher dans tous les sens et viens m'aider. Max n'entend pas !

Je suis en stress. Je ne sais pas quoi faire pour aider Charlotte, mais j'avance vers Max.

— T'es encore avec nous, mon pote ?

Aucune réaction de mon meilleur copain. Pris d'une soudaine inspiration, je décide de placer l'écouteur vacant dans son oreille droite. La nouvelle pénétration du son du tambour dans son cerveau tend le corps de Max comme une barre de fer.

— Mec, c'est moi, Adam... Serre ma main si tu me captes. C'est bon, Cha ! Il vient de la serrer. Il m'a entendu cette fois.

— Bien joué ! Max, c'est Charlotte. On est avec toi. On va te sortir de là.

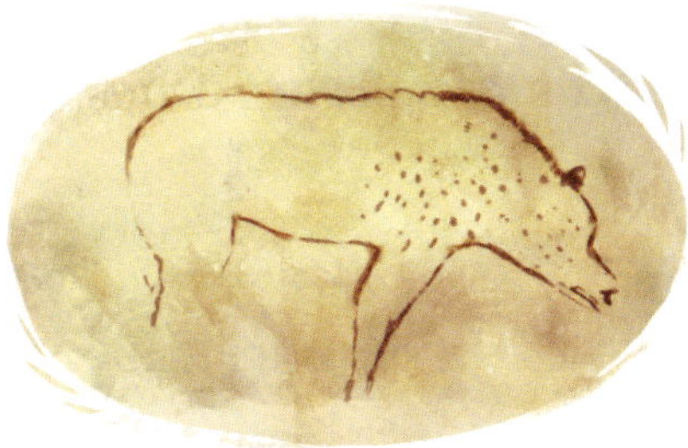

CHAPITRE 8

Retour dans le passé

Pendant ce temps, de mon côté, la transe me ramène à l'époque des Aurignaciens…

Le grognement n'est pas celui d'une bête sauvage. L'air froid me siffle dans les oreilles, je ressens pourtant une boule de chaleur à l'intérieur de mon corps. Mon corps qui semble bien plus grand qu'avant et dans lequel j'ai l'impression de m'enfoncer, m'enfoncer…

Mes paupières papillonnent de plus en plus vite. Un frisson m'électrise la colonne vertébrale.

J'ai chaud. J'ai froid.

Cette transe qui s'empare de moi sans demander mon avis, c'est un peu comme quand on a de la fièvre. On ne peut pas lutter.

Je flotte, engourdi, je perçois de la lumière verte de l'entre-deux monde. J'entends encore le grognement. J'ai plutôt l'impression qu'il s'agit d'un rire moqueur, en fait... Rien de comparable au timbre de la fille aux cheveux noirs.

Et, soudain, tout s'arrête : le vent, le rire, la lumière verdâtre...

Une secousse me raidit. La voix d'Adam me parvient comme cryptée par une vieille radio. Puis celle de Charlotte, tout aussi lointaine.

Les copains ! Je suis là, sortez-moi de ce monde qui m'engloutit ! Mais, au lieu de revenir dans le présent auprès d'eux, me voici en train de découvrir un tout nouveau paysage.

J'entends d'abord le son de plusieurs pierres que l'on entrechoque entre elles, puis le crépitement d'un feu. Les pleurs d'un bébé. Des conversations. J'ai la sensation de recouvrer la vue petit à petit quand, autour de moi, se dessine une tribu d'hommes préhistoriques.

CHAPITRE 8

Ce sont eux ! Je les reconnais aussitôt : les premiers *Homo sapiens*. En chair et en os cette fois-ci. Ils sont tous sur le parvis d'une grotte, en train de vaquer à leurs occupations autour d'un grand feu.

Depuis ce promontoire, la vue est magnifique, j'aperçois la Combe d'Arc en contrebas et la rivière, malgré le crépuscule qui ne va pas tarder. La steppe, prairie d'herbes sèches, prend une belle couleur dorée au soleil couchant.

Une fois encore, j'ai remonté le temps.

Le clan compte une vingtaine d'hommes préhistoriques dont je semble faire partie. Chacun a l'air d'avoir une occupation précise.

Au-dessus du feu, soutenu par des lances, un récipient en os contient un bouillon fait de racines et de luzernes. Une vieille femme en surveille le contenu.

Un peu plus loin, cinq hommes fabriquent des pointes de sagaie, des grattoirs et des instruments tranchants en taillant des silex.

Un autre groupe, composé d'hommes, de femmes mais aussi d'enfants, est également occupé à la taille de quelque chose. En m'approchant un peu, je découvre qu'ils percent à l'aide d'outils pointus tout un tas de dents, de tailles et de formes différentes. Ils en font des colliers, en attachent sur des peaux, c'est plutôt joli ! Mais ils ne percent pas que des dents, il y a aussi quelques coquillages et des os qui serviront de parure ou encore d'amulette pour se protéger des mauvais esprits.

Certains enfants mangent de la viande en brochette autour du feu, d'autres s'occupent des plus jeunes qu'eux dans un coin, sur des peaux étendues au sol, quelques-uns encore fabriquent des cordes avec des poils, des tendons et des végétaux.

Je sais que plusieurs de nos chasseurs sont en train de peindre des fresques à l'intérieur de la nouvelle caverne pour célébrer notre venue et apaiser les esprits. Notre sorcier est avec eux.

À l'entrée de la grotte, je vois deux femmes et un homme qui font sécher de la viande pour l'hiver tandis que d'autres sont occupés à dépecer et tailler des peaux pour en faire des vêtements, des besaces, et des couvertures.

Juste à mes côtés, une femme tresse un panier ou un filet pour pêcher et une fillette creuse une écuelle dans une souche d'arbre.

Je les dévisage tous un à un avant de me demander à quoi je peux ressembler. J'ai des bras et des jambes d'enfant, des habits de peaux et de fourrures comme tous les autres, mais aussi un collier orné d'une dent de renard, une fronde en daim à la ceinture et, dans les doigts, une petite flûte en os. De faucon.

Comment je sais tout ça, moi ?

En fait, ce n'est pas moi qui le sais, mais le petit garçon aurignacien dans lequel j'ai atterri cette fois-ci.

Je me remets à jouer de mon instrument.

Au-dehors, dans le vent glacial, un rugissement se fait entendre, suivi d'un grognement d'ours. Je cesse de jouer. La voix de la petite fille, dans ma tête, ne m'avait-elle pas demandé de sauver un ours ? Celui dans lequel j'ai atterri la première fois...

Mais comment pourrai-je faire ça ? Je ne suis qu'un enfant d'une tribu préhistorique !

Je découvre dans la mémoire du petit *Homo sapiens* qu'il, enfin que *je* m'appelle Sükh et que je n'ai jamais réussi à chasser autre chose qu'un rat d'eau avec ma fronde. Je n'aime pas la chasse, je préfère la musique et rêve de devenir un jour un grand peintre comme mon père. Mais hélas, dans mon clan, seuls les grands chasseurs ont le droit de coucher sur la paroi les animaux protecteurs du clan ainsi que leur propre animal totem.

Un frisson me parcourt le dos. J'ai froid, j'ai peur et j'ai envie de m'enfuir de cette époque remplie d'animaux gigantesques et terrifiants. C'est alors qu'un petit souffle me chatouille l'oreille. Je me la gratte avec la flûte en os de faucon, mais le murmure vient de l'intérieur de ma tête, semble-t-il.

...core... Adam... Max... sortir de là.

Les autres membres de mon clan qui vaquent autour du feu n'ont pas l'air d'avoir entendu quelque chose de spécial. Je ferme les yeux pour me concentrer sur la voix.

Jeremy... parle d'un esprit ami. Est-ce que... vois de qui il s'agit ? Lui... air de savoir comment sortir de là...

Adam ! Je ne suis plus seul !

Je me lève d'un bond et entreprends la danse de la victoire autour du feu. Les rires des autres me mortifient sur place. Rouge de honte, je me rassois tandis que deux garçons me singent en riant. Je ferme les yeux.

... bien d'accord aussi... complètement dingo mais... seul moyen d'après Jeremy. Et si... arrives pas, tu resteras... mon pote... Oh zut... quelle galère !

— Faire quoi ?! Bon sang, Adam, je n'ai pas compris ce que je devais faire !

J'ai crié. En préhistorique-aurignacien ou un truc comme ça, et j'ai entendu ma mère d'ici dire aux autres que les esprits ne me laissaient pas souvent tranquille.

... mort Charlotte ! Il entend pas... serre plus ma main. Je vais pas... cet ours pendant mille ans !

Tant pis pour ma crédibilité, je crispe mes poings le plus fort que je peux en criant :

— Adam, je t'entends, Adam je t'entends ! Tu m'as parlé d'un ours, c'est bien ça ? C'est lui mon esprit ami ?

Il... mon prénom ! ... entendu ! Tu as compris, Max ? Jeremy... avec esprit ami... unique solution... tu dois sauver... des griffes du lion. L'ours ... tu as habité.

Mon ours. Voilà que mes amis de mon époque me demandent la même chose que la petite fille aux cheveux sombres, entraperçue quelques fois : sauver l'ours avec lequel j'ai été lié au point d'avoir sur ma hanche les traces de ses blessures.

Rien qu'à l'évocation de l'événement, la douleur sur mon flanc me lance de nouveau. Un râle sort de ma bouche. Très ressemblant au cri de l'animal. Tous les enfants du clan me regardent, l'air ahuri, avant de se mettre à ricaner, à aboyer « *Ursus, Ursus, Ursus* » et à gronder pour m'imiter, en se dandinant de manière grotesque autour du feu.

Le jeu semble vraiment leur plaire, ils sont… pliés de rire. Tous, sauf une.

C'est elle. La petite fille aux cheveux sombres. Elle est ici !

Sa chevelure cache presque tout son visage. Je ne l'avais pas encore remarquée car elle est toute seule, assise sur une fourrure, dans un coin. Ses grands yeux bruns posés sur moi. Elle serre dans sa main droite son amulette de protection qui pend autour de son cou. C'est Magda, la fille de notre guérisseuse, elle lui succédera un jour.

S'il te plaît… sauve notre ours… me dit-elle avec ses yeux.

La gamine télépathe. C'est donc elle qui m'a entraîné là !

Le garçon qui me sert d'hôte, Sükh, la connaît bien. Elle ne se mêle jamais aux jeux des autres enfants et apprend les secrets des plantes avec sa mère la plupart du temps. C'est aussi la fille du grand sorcier Gombokhum dont elle a hérité le don de parler aux esprits. Son totem, l'ours des cavernes, est un protecteur extrêmement puissant. Celui de mon petit Aurignacien est la panthère des neiges. Un totem qui devrait faire de lui un excellent chasseur, plein de courage, mais Sükh n'a pas encore dompté sa peur. Pourquoi, alors

Magda a-t-elle dit « notre ours » ? Serait-ce mon totem à moi, Max ?

Oui... Hununpa te protège aussi garçon de l'autre temps.

En l'espace de quelques secondes, je vois dans ma tête l'horrible sort destiné au grand ours des cavernes.

Le lion qui lui mord le cou. Le sang. Les fauves affamés qui le dévorent. Sa fourrure récupérée par les femmes de mon clan et les hommes qui peignent son portrait pour remercier les esprits de cette offrande.

Il s'agit bien de celui dans lequel je me suis retrouvé projeté lors de ma dernière venue. C'est mon totem ! J'ai un totem moi aussi ?

— Et pourquoi tu ne vas pas le sauver toi-même si c'est aussi ton protecteur ?

Mais à peine ai-je prononcé cette question que la réponse me vient directement des connaissances de Sükh, le garçon que j'habite. La petite fille solitaire ne peut pas marcher.

Une blessure ancienne dans son dos lui a ôté l'usage de ses jambes.

Les pieds valides de Sükh et ton esprit lié à Hununpa peuvent sauver notre ours.

Comme je ne sais pas maîtriser la discussion par télépathie, je m'avance vers elle pour lui répondre.

— Laisse-moi rentrer à mon époque. Je ne peux rien faire pour ton ours, il doit être déjà mort à l'heure qu'il est. Regarde, je ne suis qu'un enfant !

Sans le grand esprit d'Hununpa on ne saura pas te renvoyer d'où tu viens...

— Alors je n'ai pas le choix ?

Tu n'es pas obligé de le sauver, si tu ne le veux pas. Tu peux aussi vivre avec nous, pour toujours...

Je grimace et secoue la tête, sûr et certain de préférer tout tenter plutôt que de devoir rester ici.

Charlotte et Adam avaient donc raison : je vais devoir affronter des bêtes sanguinaires et sauver un ours géant si je veux un jour rentrer chez moi.

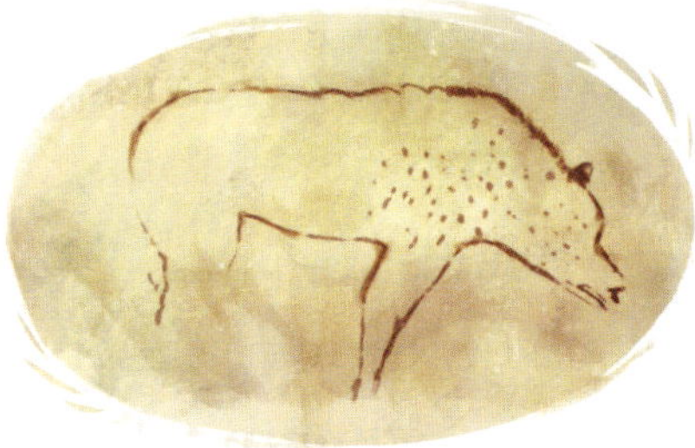

CHAPITRE 9
Rencontre inattendue

Comment faire fuir un lion des cavernes ? Je suis plutôt petit, je n'ai pas de griffes et je ne sais pas rugir… Ça me semble mission impossible, leur truc ! Il me faudrait un fouet, comme les dompteurs. Mais il n'y en a pas à cette époque. Non… en revanche ce grand feu, là devant moi, sert à éloigner les bêtes sauvages. Il me suffirait de mener l'ours ici pour qu'il soit en sécurité.

Ouais, OK… plus facile à dire qu'à faire.

Je sais ! Il me faut une torche ! La voilà, la solution. Pas un bout de bâton qui va se consumer trop vite, une vraie torche qui dure longtemps. Est-ce que je sais en fabriquer une ? Allez Max, concentre-toi, on a bien dû parler de ça en cours, avec madame Favard ou pendant la visite de la grotte Chauvet 2 ?

Je me prends la tête dans les mains. Non, vraiment les torches ça ne me dit rien... Mais le petit *Homo sapiens* dans lequel j'ai atterri en a déjà vu. Il ne sait pas s'en servir mais il sait que les hommes les utilisent pour aller explorer les nouvelles cavernes.

Je relève les yeux et aperçois contre la paroi plusieurs bâtons où sont accrochées à leurs extrémités une écorce suintante de résine de pin et des brindilles sèches.

Torches, affirme le petit garçon, dans ma tête.

Voilà ce qu'il me faut !

Pas toucher les torches ! Interdit ! s'affole-t-il.

Mais je dois passer outre sa peur et le forcer à s'avancer pour en prendre une.

Je regarde à droite et à gauche. Tous les membres du clan vaquent à leurs occupations et personne ne semble me porter intérêt.

Je m'avance, en empoigne une et me retourne

vers le feu.

Peur, peur, peur ! Esprit de la panthère, mon totem protecteur, empêche-moi de faire ça ! s'écrit-il dans ma tête.

Mais je suis plus fort que son totem, semble-t-il, et j'arrive à faire obéir son corps comme si c'était le mien. J'avance donc, torche à la main, vers le grand feu. Les enfants sont toujours occupés à faire griller de la viande qu'ils dévorent ensuite. L'odeur est alléchante. Je refuse d'un geste de la tête le morceau que me tend… ma sœur, je crois.

À la place, j'enflamme ma torche. Un murmure d'émerveillement court dans leurs bouches pleines. Puis la voix grinçante d'une très vieille femme s'écrie :

— Sükh ! Que fais-tu ? Tu es en train de fâcher les esprits, petit. Seuls les chasseurs ont le droit de séparer le feu en deux.

Un murmure commence à monter dans le clan. Puis la voix de mon père, tonitruante, qui crie mon prénom et s'avance vers moi. Je n'ai plus le choix : je dois fuir en courant si je ne veux pas qu'on m'enlève l'unique moyen que j'aie trouvé pour effrayer un lion des cavernes !

Magda, la petite fille aux yeux noirs, ne me quitte pas des yeux.

Pas sortir, la nuit va tomber ! Danger ! Peur ! Les esprits vont être en colère ! gémit Sükh dans ma tête.

Malgré tout, je cours et m'élance dans la nuit.

Ce qui constitue un deuxième outrage aux coutumes de mon peuple.

Je dévale la pente, entre les rochers, sans m'arrêter pendant de longues minutes, avant de me rendre compte que personne ne me suit. Les membres de mon clan ne vont pas braver les interdits pour me ramener.

J'ai enfreint les règles de sécurité et contrarié les esprits. À mes risques et périls. Sükh est terrifié par tous les affronts que je suis en train de lui faire commettre. Il met la main à sa ceinture et touche sa fronde pour se rassurer, puis il lève les yeux au ciel et s'adresse une nouvelle fois à l'esprit de son totem, la panthère des neiges, en langage gestuel pour lui demander de lui pardonner et aussi de le protéger. Si je ne me sens pas rassuré par la nuit, le froid et les bêtes sauvages qui m'attendent, lui, c'est la colère des esprits qu'il craint le plus.

Dire que l'on tremble de peur, tous les deux, est donc bien en dessous de la vérité.

J'essaie pourtant d'être un peu positif :

— Bravo, Max. Tu es trop fort, il te reste juste à combattre un lion des cavernes, maintenant. Un simple détail, quoi !

Le sol gelé craque sous mes pieds. Mes vêtements en peaux, ornés de dents de hyènes, me protègent plutôt bien du vent. Autour de mon cou, une petite fourrure blanchâtre me sert d'écharpe.

J'entends au loin les voix des gens de mon clan appeler le petit Aurignacien que je suis.

— Sükh ! Sükh ! Reviens !

Je résiste à l'envie d'obéir du garçon et m'adresse à lui par la pensée :

C'est le seul moyen de retourner chez moi, je n'ai pas le choix, Sükh.

Plus j'avance dans la nuit tombante, plus les cris des deux animaux se font perçants. Ça grogne, ça feule, ça hurle, ça rugit pas très loin d'ici.

— Il faudrait vraiment être idiot pour continuer dans cette direction... dis-je, sans ralentir la marche.

C'est une soirée venteuse. Je ne vois qu'à un mètre devant moi et avance à tâtons entre les buissons piquants et les rochers saillants. Un hurlement de mon ours, tout proche, finit de me glacer le sang. Il ordonne au lion de reculer. Il a peur, il a mal.

J'accélère le pas. Je comprends ce qu'il

exprime… Nous sommes bel et bien liés, dans ce monde-là. Sükh en moi ne dit plus rien. A-t-il disparu ? Peut-être que son esprit s'est évanoui. Est-ce que c'est possible ?

— Tiens bon l'ours, j'arrive ! dis-je sans trop savoir ce que je vais pouvoir faire contre un lion affamé…

Soudain, au détour d'un rocher, ils sont devant moi.

Deux ombres gigantesques.

L'odeur de sang et de fauve est répugnante. Je suis impressionné par la masse sombre de mon ami au pelage brun.

Comment un animal aussi imposant pourrait-il perdre le combat ?

La réponse est toute simple : sa blessure à lui ne s'est pas refermée. L'odeur de sang provient de sa patte et de son flanc qui suintent encore. Je ressens sa douleur dans ma chair. Sa peur, aussi, se mêle à la mienne.

Tandis que je les observe, immobile, derrière

ma torche, le lion feule et cherche à venir vers moi en contournant le feu. Comme il est dépourvu de crinière, j'ai l'impression d'avoir affaire à une lionne.

Il retrousse les babines, ses crocs sont énormes.

— Tout doux, tout doux, grosse peluche. File de là, allez, va-t'en !

Ma voix n'est pas très convaincante et ma respiration si rapide qu'il doit sentir ma peur. Je brandis mon bâton enflammé vers lui pour tenter de le faire reculer, mais le lion ne réagit pas comme je l'avais prévu. Il dresse sa patte et cherche à me désarmer. Puis il tente un saut dans ma direction. Malgré le feu.

Terrifié, je recule et tombe à la renverse. Un cri sort de ma gorge. Et la torche m'échappe. La flamme lèche le tronc d'un buisson qui commence doucement à prendre feu. Je dois récupérer ma torche ! Je dois la récupérer ! Je dois... je dois...

Le lion est là. Je sens son haleine répugnante et sa patte sur mon torse. Je vais mourir ici à 36 000 ans de chez moi !

As-tu rejoint l'ours, Max ? Il faut que tu trouves un moyen de le ramener auprès de ta tribu. Dans la grotte où vous passez la nuit. Il a besoin d'hiverner, il y sera en sécurité... C'est Jeremy qui te fait passer ce message, tu sais. Il est en contact avec une petite fi...

GRRRROOOAAAAHH !

Les dernières paroles d'Adam, au fond de ma tête, se perdent dans le cri du fauve prêt à me dévorer.

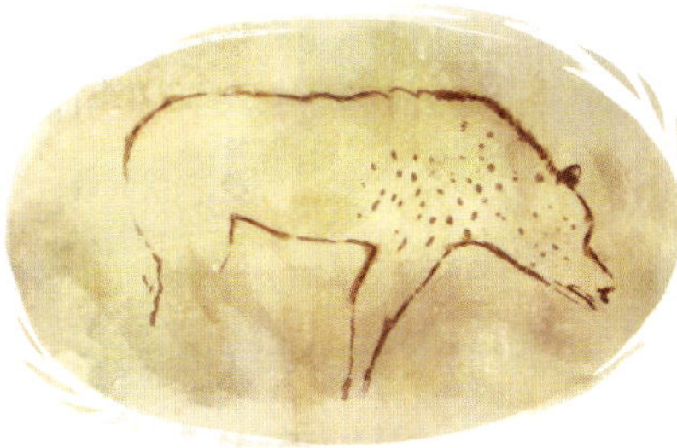

CHAPITRE 10
Gombokhum

Je ferme les yeux, hurlant de terreur. C'est trop tard.

Deuxième rugissement de la bête tandis que je sens son poids quitter mon corps.

Hununpa !

D'un coup de patte griffue, mon héros aux poils bruns s'est vengé en assenant au lion une entaille sur son flan, le propulsant par la même occasion loin de moi, du côté de l'herbe en flammes.

— Waouh l'ours, merci ! Allons-nous-en.

Passée cette peur indescriptible, me voilà soudain submergé d'une rage folle. Je ne me reconnais plus. Je me lève d'un bond, saute sur ma torche et me retourne vers le lion meurtri comme si c'était moi, désormais, le roi des animaux.

— Toi, tu déguerpis ! Tout de suite ! Grrrroah !

Je hurle. Torche brandie sous la gueule de la bête déjà paniquée par le feu autour d'elle. J'en rajoute, je secoue mon bâton enflammé dans tous les sens, en risquant quelques petits pas en avant. Le lion recule en feulant.

Je m'approche de l'ours, mon sauveur, mon ami, et lui pose la main dans le pelage. C'est rêche et doux à la fois.

— Il faut que tu viennes avec moi. Je connais une grotte où tu pourras te reposer pour l'hiver et panser tes blessures. Allons-y vite, le feu gagne du terrain.

Je fais un petit pas. Puis un autre. L'ours reste immobile. Le buisson crépite en brûlant. Il sent bien lui aussi qu'il est temps de fuir.

— Viens...

Encore trois pas. Enfin, un mouvement derrière moi m'annonce qu'il a décidé de me faire confiance. Ne pas s'arrêter, ne pas se retourner.

Hununpa me suit. Après quelques minutes, je distingue le point lumineux du feu devant la caverne. Derrière nous les flammes embrasent un arbre dans de funestes craquements.

La montée vers la grotte n'est pas aisée, le sentier est raide, étroit, il y a beaucoup de roches à contourner. Je débouche le premier devant les visages mécontents de ma tribu au complet. Les hommes ont quitté le fond du refuge pour partager le repas, ils se mettent à parler en même temps : mon escapade a froissé les esprits de la nature ! Ma « mère » secoue la tête, navrée... et le visage sombre et dur du terrible sorcier me dévisage d'un air meurtrier.

Gombokhum !

Ici, juste sous mon nez. Je n'y pensais plus... Une peur presque aussi folle que celle que je viens de ressentir me tétanise à nouveau. Tout est fichu. Je ne pourrais jamais quitter cet endroit.

Mais l'apparition de l'énorme ours derrière moi fait taire les bavards.

Sans plus réfléchir j'attrape une peau de renne que les femmes ont tannée aujourd'hui. Il me faut étouffer les flammes qui barrent l'accès de la grotte à ma bête.

— Cet ours est notre ami, il doit venir hiverner dans la grotte. C'est chez lui, ici. Il a besoin de passer, dis-je avant de lancer la peau sur le feu et de la piétiner allègrement.

Des cris de frayeur s'élèvent autour de moi quand l'ours me rejoint près des braises rougeoyantes. À la lueur de ma seule torche, je peux voir la peur gagner leurs visages : certains hommes empoignent leurs lances, les femmes se précipitent sur leurs enfants pour les protéger…

Hununpa non plus n'est pas rassuré. Je pose ma main sur son pelage, un frisson le parcourt.

— Ne bougez pas. Il ne vous fera aucun mal.

Dans cet espace exigu, le gros mâle au pelage sombre paraît encore plus imposant. Durant quelques secondes interminables, il observe ma tribu sans bouger.

La petite fille installée sur sa peau de bête nous observe elle aussi entre ses mèches de cheveux sombres. Elle sourit, un sourire qui me rappelle celui de quelqu'un d'autre, à mon époque...

Dans ses mains, une minuscule statuette d'ivoire de mammouth représentant Hununpa, qu'elle vient de terminer.

Ursus Spelaeus va s'installer au fond de la caverne, il va se creuser une bauge pour l'hiver et il protégera notre clan grâce à son esprit puissant.

Je comprends alors que Magda n'a pas seulement voulu sauver notre ours mais qu'elle a aussi guidé son protecteur à son clan pour le protéger des menaces de cette époque.

Je hoche la tête vers elle pour lui faire comprendre que j'ai bien entendu son message, puis, d'une petite tape sur la puissante épaule de mon totem, je lui signifie qu'il peut avancer.

Alors, comme un remerciement, notre ours baisse la tête et s'enfonce dans la caverne en traînant sa patte blessée. Tout le monde le suit du regard. Dans ce silence, j'ai le sentiment d'avoir accompli quelque chose d'important.

Merci d'avoir sauvé Hununpa, me dit Magda, sans ouvrir la bouche.

Je vois qu'elle me tend la petite figurine qu'elle a fabriquée. Je m'avance vers elle et accepte son cadeau que je garde dans le creux de ma main.

L'ours disparu dans les profondeurs de la caverne, les femmes se précipitent sur le feu moribond et s'activent à le faire repartir. C'est alors que le sorcier Gombokhum s'avance vers moi, ses yeux vairons brillants de rage et vocifère dans ma langue, juste pour moi :

— Tu n'avais pas à jouer avec le temps, petit rrrrésidu d'époque lointaine ! Ma fille, capricieuse, a de trop grands pouvoirs pour une enfant… Vous avez changé le futur ! Il faut pourtant faire exister la peinture, espèce de rat stupide !

Puis, reprenant à haute voix, sur un autre ton et dans le langage de son époque pour être entendu de sa tribu, il continue :

— Cet ours est désormais ton deuxième animal totem, Sükh. Son esprit te protégera et veillera également sur notre tribu. Merci pour ton courage. Tu as mérité le droit de coucher son âme sur le grand rideau des esprits de la nature.

Et, joignant le geste à la parole, il me tend un bol contenant de l'ocre broyé, mélangé avec une sorte de liant... qui, je l'espère, n'est pas du pipi. Puis, avec un regard menaçant, il me désigne la caverne sombre dans laquelle la bête a disparu.

Je comprends. On a changé le passé, ce qui est réellement dangereux pour le maintien du futur tel que je le connais. Il faut donc que la peinture de l'ours apparaisse d'une manière ou d'une autre sur les murs de la grotte car elle existe encore à mon époque et les chasseurs ne la dessineront pas, cette fois-ci.

Zut… le dessin, ce n'est vraiment pas mon fort !

— Sükh, je murmure à moi-même. Je vais avoir besoin de toi.

Les hommes commencent leurs chants langoureux, un tambour entame un rythme répétitif tandis que j'emprunte un étroit passage pour m'enfoncer dans la grotte. Les chasseurs-peintres, précédés par notre grand sorcier, m'accompagnent.

Je suis un des leurs ! s'extasie Sükh, à l'intérieur de ma tête.

Nous voilà dans une première salle glacée. C'est difficile à affirmer à la seule lueur de ma torche, mais j'ai l'impression que mon ours n'est pas là, il semble s'être retiré encore plus profondément. Cette caverne est immense. La hauteur est impressionnante.

— Avance encore, limace baveuse, me souffle Gombokhum alors que je m'étais arrêté pour admirer les stalactites qu'on devinait à la lueur de nos torches.

Notre procession s'enfonce dans les profondeurs sombres et humides de la grotte Chauvet. Nous arrivons enfin dans une salle au sol un peu plus plat. Le tambour et le chant des hommes se taisent. Il est là, quelque part. On sent sa présence, on entend ses pas et son souffle.

Hununpa.

Enfin, on parvient à distinguer sa silhouette à une dizaine de mètres de nous. Il tourne en rond pour creuser son nid, s'arrête pour humer notre odeur.

Ce n'est que moi, avec les hommes de mon clan, Hununpa. Ne t'inquiète pas. On n'ira pas plus loin. Je vais te rendre hommage et te dessiner ici, dans cette salle où tu t'installes. Nous sommes tes amis.

Ces mots, je ne les ai pas dits, mais je les ai pensés en le regardant. Et, comme s'il m'avait entendu, Hununpa a soufflé un petit râle et s'est remis à tourner sur lui-même pour creuser sa bauge.

Je me retourne alors vers la paroi près de laquelle nous nous sommes arrêtés. Il s'agit d'une épaisse lame rocheuse tombant de la voûte. Trop haute à atteindre pour moi.

— Tu vas peindre ici, ordonne Gombokhum. Ridaag, Mökh, avancez.

Deux chasseurs quittent le groupe et s'approchent de nous. L'un d'eux me reprend le bol d'ocre et le second s'agenouille devant moi. Je regarde Gombokhum d'un air étonné. Notre chamane lève les yeux au ciel.

— C'est pour monter sur ses épaules, mollusque rabougri !

Je m'installe sur Mökh, qui se relève doucement, et attrape le pinceau en crin d'animal planté dans le bol d'ocre que me tend

Ridaag. Après une large inspiration, je m'en remets au talent du petit Aurignacien.

Sükh, c'est à toi de jouer, désormais.

Alors Sükh brandit la statuette représentant Hununpa, son nouveau totem, et tourne la tête vers notre ours, couché plus loin. Il se met à lui parler, à lui expliquer qu'il est sous sa protection désormais, et il lui demande son aide dans la réalisation de cette peinture.

Les hommes, autour de nous, recommencent leurs doux chants langoureux.

C'est parti. Je soulève le bras et pose mon pinceau sur le rocher. Bon, je commence par le museau... Ma main semble guidée et, sans arrêter le trait, me voilà en train de dessiner le plus bel ours des cavernes.

Je le reconnais ! Il s'agit bien de l'ours du panneau de la panthère. Sauf qu'elle n'est pas là, devant mon dessin, la petite panthère. Et Gombokhum m'a demandé de représenter un ours, uniquement un ours...

Max ! Max ! L'esprit avec lequel parle Jeremy lui souffle que tu as réussi ta mission ! Mon pote, t'es un ouf ! Trop fort ! Il paraît que tu vas devoir dessiner l'ours pour protéger ta tribu avant de revenir ? Aïe ! Galère...

Mais je ne l'écoute pas.

Sükh trempe maintenant son doigt dans le pot d'ocre et frotte doucement le haut du dos de l'ours. C'est la technique de l'estompe. Sükh est un vrai artiste !

Dire que tu as peut-être vaincu un lion et que la pire épreuve sera le dessin, je devrais sans doute pas te dire ça – vu comme tu dois être en panique – mais ça me fait un peu marrer !

— Tu peux rire, Adam. Mais pas te moquer. Mon ours est vraiment très beau, tu vas voir !

Sükh aussi est fier de son travail, et il a raison. Mais je devine vite qu'il ne veut pas s'arrêter là. Peindre un seul de ses totems sur la grande paroi serait offenser l'autre : il a déjà prévu d'ajouter sa panthère des neiges, face à Hununpa.

— Rentrons ! souffle Gombokhum.

— Non, pas encore, je n'ai pas fini, dis-je, surpris moi-même par l'audace de Sükh. Un pas vers la droite s'il te plaît, Mökh.

Le chasseur qui me sert d'échelle consulte son chamane du regard avant d'obéir. Gombokhum grince des dents et consent. Je retrempe mon pinceau dans le bol d'ocre tendu par Ridaag.

Panthère blanche, tu es un totem magnifique. Merci de m'avoir donné un si grand courage !

Les chants reprennent. La petite panthère des neiges rouge et tachetée apparaît sous le museau du bel ours des cavernes. Les deux totems de Sükh réunis sur les parois de la grotte Chauvet. Je comprends maintenant pourquoi ce panneau m'avait tant plu au cours de ma visite.

« La panthère que vous voyez ici est l'unique représentante de son espèce dans la grotte, mais aussi dans tout l'art paléolithique européen ! » nous avait expliqué Jeremy quand on était devant cette peinture.

Bravo Sükh. Tu vas rester dans l'histoire, mon pote !

Mökh s'agenouille pour me laisser descendre.

Les hommes, en file indienne, reprennent le chemin du retour. La main de Gombokhum sur mon épaule m'empêche de les suivre. La peur, à nouveau, me saisit.

— Parrrrt, maintenant ! Rejoins le monde des esprits, puis retourne dans ton époque, insecte puant ! Et ne reviens jamais ! Jamais !

Mes oreilles se mettent à siffler.

Une boule de chaleur se crée à l'intérieur de mon ventre. La paroi sous mes yeux se teinte de verdâtre et c'est désormais la voix de Jeremy que j'entends :

Ah, te voilà enfin ! Je n'ai pas réussi à aller plus loin mais une petite fille me maintenait en contact avec toi... Je te ramène, Max.

Sensation de flotter sans corps.

Je sens la main de Jeremy dans la mienne, je le laisse me guider.

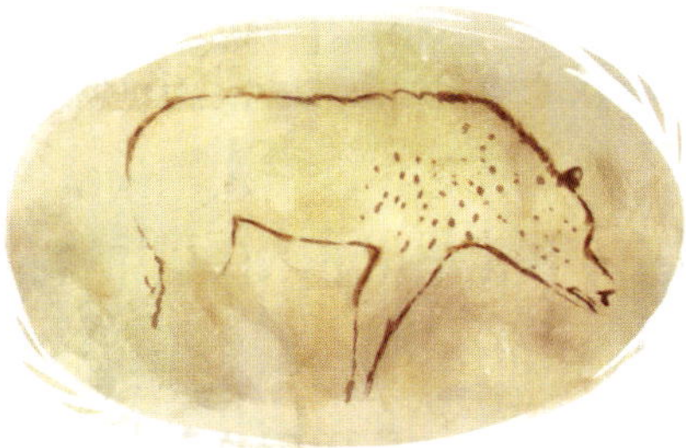

ÉPILOGUE

La porte de l'infirmerie s'ouvre dans un grand brouhaha. Tous les élèves sont là, accompagnés par la maîtresse et la maman de Maya.

— Il est bientôt l'heure de rentrer. Est-ce que nos petits malades vont mieux ?

— Oui, tout va bien, affirme Jeremy en souriant.

Bien sûr, il ne peut pas voir son propre visage rougi et ses cheveux en bataille, mouillés de sueur. Mais il comprend qu'il a certainement mauvaise mine en voyant notre maîtresse froncer les sourcils, plutôt sceptique.

— C'est à croire que vous avez passé l'après-midi à dormir, ici. Quel dommage, si vous saviez ce que vous avez raté ! Allez hop, on y va.

On vous racontera tout ça dans le car.

Tandis qu'on se mêle au rang, Charlotte se retourne vers Adam et moi pour nous faire un clin d'œil. Je n'avais jamais remarqué à quel point ses cheveux étaient noirs et épais.

— Je pense que j'ai croisé une ancêtre à toi, là-bas, Charlotte.

— Ah ? Tu as vu une fille préhistorique qui me ressemblait ?

— Aussi pénible ? se hasarde Adam.

C'est alors que Léo vient nous rejoindre et nous interrompt en s'esclaffant :

— Vrai de vrai, vous avez tout loupé, bande de nazes ! Pendant que vous faisiez les chochottes à l'infirmerie, il s'est passé un truc de dingue ! On a vu une peinture, qui était sur une grande affiche dans l'atelier pédagogique s'effacer, comme par magie ! Et puis vous le croirez jamais, mais elle a réapparu comme ça, sous nos yeux ! C'était énooorme ! Et vous, vous avez rien vu...

— Quel dommage, a répondu Charlotte en souriant, sans avoir l'air contrarié le moins du monde.

— Je parie que c'était un ours rouge, ta peinture magique ? a demandé Adam avec le même sourire.

— Ouais... a répondu Léo, un peu perplexe, mais... comment tu le sais ?

C'est à ce moment-là que je lui ai montré la petite statuette d'ours en ivoire de mammouth qui avait fait le voyage de retour avec moi.

— Je te présente le cadeau que m'a offert Sükh, le plus jeune peintre de la grotte Chauvet, après avoir peint Hununpa. D'ailleurs, la petite panthère des neiges aussi a failli disparaître, mais comme elle n'était pas sur l'affiche, tu n'as pas pu t'en rendre compte.

— Hein ? La... quoi ?

Si vous aviez vu sa tête ! Adam et moi, on en riait encore en s'installant dans l'autocar.

Enfin, moi je riais, malgré l'inquiétude.

Et si… et si malgré tout nous avions modifié le futur et qu'en arrivant à la maison je découvre certains changements étranges dans notre monde actuel ?

Hununpa te remercie, grâce à toi, il a eu une belle vie.

— Qui a dit ça ?

La petite fille aux cheveux noirs ! Elle est encore là ? Je cherche Magda au milieu de mes copains de classe. Mais je ne vois que les yeux de Charlotte, sombres et malicieux, qui m'observent depuis le fond du car…

MÉMENTO

L'ours des cavernes

L'ours des cavernes (*Ursus spelaeus*) est une espèce d'ours de grande taille qui n'existe plus aujourd'hui. Il a vécu dans les forêts d'Europe, à la Préhistoire. L'espèce est apparue il y a 250 000 ans et elle s'est éteinte voici un peu plus de 10 000 ans, vraisemblablement à cause d'une compétition avec les humains et les ours bruns pour l'occupation des grottes.

À quoi ressemblait-il ?

L'ours des cavernes avait un crâne très large, le museau moins développé que celui de l'ours brun et un « stop » frontal très marqué. Ses pattes avant étaient plus longues et plus robustes que ses pattes arrière.

Le poids moyen pour les mâles était de 400 à 500 kilogrammes, tandis que les femelles pesaient de 225 à 250 kilogrammes. Les mâles atteignaient plus de 1,30 mètre au garrot et pouvaient dépasser 3,50 mètres de haut lorsqu'ils se dressaient sur leurs pattes arrière.

Grâce aux os d'ours des cavernes vieux de 32 000 ans retrouvés dans la grotte Chauvet, des chercheurs français ont réussi à étudier son ADN. On a ainsi pu comprendre qu'il était parent avec l'ours polaire et l'ours brun, ce qui veut dire que ces trois espèces d'ours ont un ancêtre commun, tandis que les autres ne lui sont pas apparentées.

Comment vivait-il ?

L'ours des cavernes était un animal solitaire, qui suivait un régime essentiellement végétarien : herbes, fruits, feuilles et quelques insectes.

Pour se réserver un refuge où passer l'hiver, il devait se battre avec de nombreux animaux : parmi eux de grands carnivores comme les ours bruns, les hyènes géantes et les lions des cavernes.

Quand, enfin, il avait trouvé son antre, il creusait une bauge pour se faire un petit nid dans lequel il passait l'hiver en dépensant le moins d'énergie possible. Cette hivernation pouvait être fatale à celui qui manquait de réserves et il risquait de mourir de faim. C'est certainement ce qui est arrivé à un grand nombre d'entre eux car on a découvert beaucoup de squelettes dans les grottes, et notamment dans celle de Chauvet.

L'ours des cavernes et les hommes

Les hommes de Néandertal sont apparus en Europe il y a 250 000 ans, puis les *Homo sapiens* sont arrivés (dont les Aurignaciens de cette histoire font partie), il y a 45 000 ans. Les ours des cavernes ont donc bien côtoyé les hommes préhistoriques. Si l'ours n'est pas pour autant un sujet fréquemment représenté par les hommes préhistoriques, on comptabilise tout de même 15 représentations dans la grotte Chauvet !

De nombreux mystères

L'art pariétal

Les Aurignaciens sont les premiers hommes à fabriquer des outils à base d'os ou de pierres et à pratiquer l'art : ils décorent leurs vêtements, font des sculptures et peignent sur les rochers.

Dans la grotte Chauvet, le bestiaire est riche puisqu'on a recensé 435 représentations d'animaux. Les plus présents sont les félins (21 %), les mammouths (19 %) et les rhinocéros (19 %). Les ours des cavernes sont moins nombreux (5 %). Ce sont des espèces non chassées qui deviendront ensuite très minoritaires dans l'art pariétal. On peut y admirer également des chevaux, des bouquetins, des rennes, des cervidés (dont des mégacéros), des bisons et des aurochs. Trois animaux y sont représentés de manière unique : le hibou, la panthère des neiges et le bœuf musqué.

Les thèmes humains comprennent le bas du corps d'une femme ainsi que des mains rouges, positives et négatives.

On ne connaît pas vraiment les raisons de ces peintures et de ces gravures. Certains chercheurs pensent que ces sociétés préhistoriques pratiquaient ces formes d'art en raison de leur vision du monde et de leur place en équilibre avec la nature. Cette activité artistique se déroulait dans des lieux considérés comme sacrés et est sans doute à l'origine des premiers mythes.

Le chamanisme

La découverte de quelques représentations mi-homme mi-animal, et en particulier celle de la grotte des Trois-Frères (située dans les Pyrénées), a laissé penser à certains spécialistes de la préhistoire qu'il pourrait s'agir de sorciers-chamanes qui dansent pendant une transe, la tête masquée d'une face animale. C'est cette hypothèse qui a inspiré le personnage de Gombokhum, le chamane de la grotte Chauvet.

Il est vrai que le chamanisme est une pratique humaine très ancienne (on a retrouvé des tombes de chamanes enterrés avec leur tambour en Sibérie datant de plus de 4 000 ans). On peut donc imaginer que les Aurignaciens croyaient déjà, eux aussi, en un monde des esprits et pensaient que des hommes, presque sorciers, pouvaient y accéder… Le mystère reste entier.

GROTTE
CHAUVET 2
ARDÈCHE

Aux origines de l'art

Dans une grotte profonde des gorges de l'Ardèche, les premiers artistes de l'Humanité ont peint un chef-d'œuvre, il y a 36 000 ans.

Un bestiaire paléolithique extraordinaire, dessiné au charbon de bois et à l'ocre sur les parois de la grotte Chauvet, oblige à protéger le sanctuaire préhistorique original découvert par Éliette Brunel, Christian Hillaire et Jean-Marie Chauvet en 1994.

La grotte Chauvet 2, équipement culturel désormais de renommée internationale est alors érigé en 2015 pour mettre à la portée de tous ces figures et symboles : points-paumes, mammouths et rhinocéros laineux, lions des cavernes, chevaux, bisons, ours… qui occupaient le territoire au temps glaciaire, mais aussi les esprits des sociétés aurignaciennes…

Déployé sur les hauteurs de Vallon-Pont-d'Arc, dans la forêt méditerranéenne du plateau du Razal, le site de la grotte Chauvet 2, comprend la grotte répliquée, la galerie de l'Aurignacien, véritable centre d'interprétation, les pôles pédagogiques et d'animations grand public, sans oublier un restaurant et une librairie-boutique. Tous ces espaces permettent de rendre accessible un patrimoine de l'humanité reconnu par l'Unesco en 2014 et de faire connaître les chefs-d'œuvre de ces grands maîtres du Paléolithique.

Plus d'informations et réservation sur :

www.grottechauvet2ardeche.com

Grotte Chauvet 2 – Ardèche

4941 route de Bourg-Saint-Andéol

07150 Vallon-Pont-d'Arc

+33 (0)4 75 94 39 40

Ouvert toute l'année et gratuit pour les enfants de moins de 10 ans.

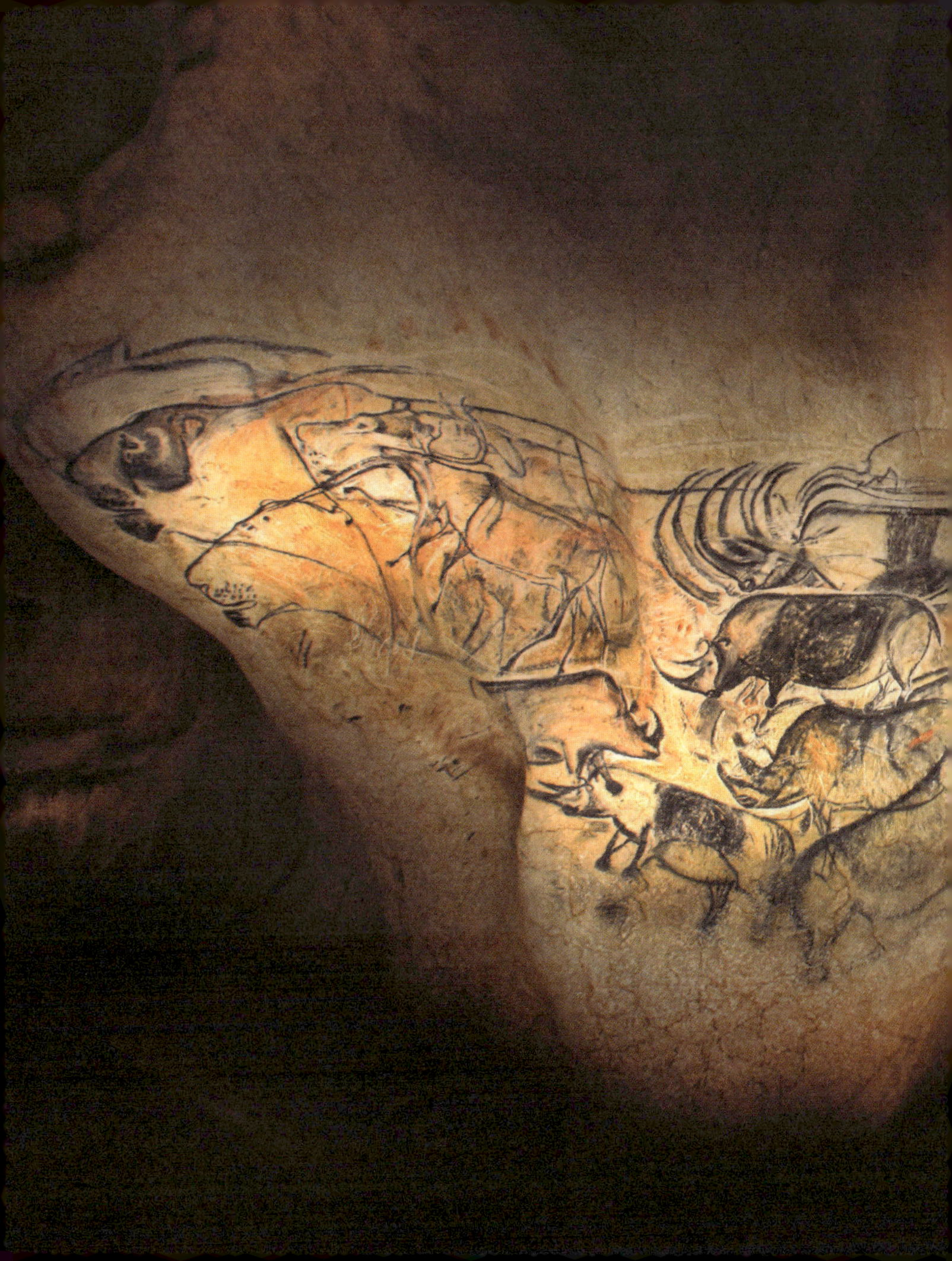

Gulf stream éditeur vous offre un extrait de la suite des aventures de Max, Charlotte et Adam !

CHAPITRE 1
Le train à vapeur des Cévennes

Max et Adam sont appuyés sur le rebord du wagon, à mes côtés, pour ne pas perdre une miette du paysage qui défile sous nos yeux. Même si j'ai déjà fait le trajet plusieurs fois, j'apprécie toujours autant ce petit voyage. Le roulis bruyant nous secoue de droite à gauche. Les wagons ne possèdent pas de vitres, on profite ainsi du panorama le vent dans les cheveux.

Juste avant d'entrer dans le tunnel, le train à vapeur siffle et lâche un panache de fumée

Ce train d'autrefois a été remis en état et circule entre les villes d'Anduze et de Saint-Jean-du-Gard depuis de longues années. Son sifflement est pour moi synonyme de vacances puisque c'est dans la région, chez ma cousine

Nina, que j'ai passé de nombreux étés.

Ça y est, il fait noir. Les touristes, enfin surtout les enfants, lancent un « oooh » sonore.

Quand la lumière revient nous sommes sur un pont au-dessus du Gardon, la rivière qui coule à Anduze.

Les copains ont les yeux écarquillés et le sourire aux lèvres. Max montre du doigt les gros rochers ronds qui moutonnent le long du cours d'eau. C'est là que j'ai appris à nager.

Adam se retourne vers moi, il me parle mais je n'entends pas ses paroles, le bruit du train est assourdissant. Je lui signifie que je n'ai pas compris en haussant les épaules. Il me montre le paysage, le pouce en l'air.

Le train s'éloigne du lit du Gardon. Nous apercevons déjà les premiers bambous, nous sommes bientôt arrivés.

« Prochain arrêt : La Bambouseraie ! » couine un haut-parleur mal réglé.

Ce sont les vacances de Pâques, et ma cousine Nina m'a invitée à venir passer un week-end chez elle, dans le parc de la Bambouseraie en Cévennes. Je lui ai demandé si je pouvais amener mes deux meilleurs copains, et ma tante et mon oncle ont accepté.

Mes parents nous ont déposés en voiture à la gare d'Anduze plutôt que directement à la Bambouseraie car ils savent à quel point j'adore arriver par le train à vapeur. Nina nous attend déjà devant l'arrêt.

Ça chuinte, ça grince et ça siffle quand la conductrice actionne le frein. Beaucoup de gens descendent ici pour visiter le parc. On quitte notre wagon en sautant de la dernière marche et on se mêle à la foule.

— Charlotte ! Ouhouh !

Ma cousine me fait de grands signes. Elle nous attend, appuyée contre une barrière en bois à l'ombre d'un arbre, avec son chien Dilog dont elle est inséparable.

On se jette dans les bras l'une de l'autre, puis je lui présente Max et Adam.

— Je suis contente de rencontrer enfin les amis de Charlotte ! s'exclame Nina. Maintenant, suivez-moi, et restez groupés si vous ne voulez pas que Mathilde, qui s'occupe de l'accueil, vous demande vos billets d'entrée.

Nina fait un clin d'œil à mes deux copains et commence à me raconter les dernières nouvelles de la famille. On rejoint l'entrée de la Bambouseraie. Devant la caissière, ma cousine, sans s'arrêter, lève quatre doigts pour lui faire comprendre qu'on est avec elle. Pas besoin d'acheter de billets ! Cette arrivée en VIP plaît énormément aux garçons.

— C'est génial, s'extasie Max. Tu ne paies jamais, en fait ?

— Bien sûr que non, j'habite ici ! Mais normalement je ne passe pas par là, sauf quand je viens récupérer des invités qui arrivent par le train à touristes, répond Nina en riant.

Nous voilà au début de la grande allée, bordée de bambous géants.

— Trop classe, on pourrait croire que tu habites un château avec une entrée pareille, s'extasie Adam, le nez en l'air.

— Je suis juste la fille des gardiens, tu sais. Mais je peux presque aller où je veux dans le parc, et ce soir je vous réserve une surprise !

Je suis heureuse de retrouver cet endroit. J'aime me promener dans les allées ombragées, écouter le vent dans le feuillage et le chant des oiseaux.

— Balade aérienne, lit Max à voix haute sur un panneau indicateur. C'est quoi ?

— Un nouvel espace... Ne vous inquiétez pas, il est aussi prévu au programme. Mais il y a des choses qu'on visitera dans la journée et d'autres dont je vous ferai profiter quand le parc sera fermé. Cet endroit en fait partie, annonce ma cousine avec un brin de fierté dans la voix. Dilog ! Viens !

Je lui rappelle que les chiens doivent être tenus en laisse dans le parc, mais elle grimace que ça ne s'applique pas à Dilog car il est ici chez lui et qu'il obéit très bien. On échange un petit sourire en coin avec les copains en le voyant sauter dans la vigne vierge qui recouvre le sol au pied des bambous géants.

— Venez, cette fois-ci on tourne à gauche, nous guide ma cousine.

On quitte alors la grande allée pour emprunter un chemin plus étroit, où certains bambous sont jaunes.

— Ils sont bizarres ceux-là, non ? demande Max.

— Ce sont des bambous verts quand ils poussent, puis qui deviennent jaunes à l'âge adulte : les *Phyllostachys sulphurea*. Il existe plus de mille variétés de bambous dans le monde : des petits, des géants, des rouges, des noirs, des bambous carrés, certains avec des nœuds tordus, d'autres avec de larges feuilles et d'autres encore avec des feuilles toutes petites… Bref, ici on a plus de 200 sortes de bambous différents. Je vous montrerai les plus chouettes, répond Nina en marchant à reculons devant nous, comme font les guides dans le parc.

— T'es drôlement savante, siffle Max.

Je vois que mes copains sont impressionnés par ma cousine qui adore étaler son savoir sur les bambous. Petites, on adorait suivre les visites guidées plusieurs fois par jour et dire le nom des plantes avant le guide, c'était notre jeu. Sauf que moi j'ai pratiquement tout oublié depuis.

— Village laotien, lit Adam à voix haute sur un panneau.

Je me lance à mon tour dans quelques explications :

— Ici c'est le village laotien, avec les habitations en bambou, les bananiers, et là-bas il y a même une rizière*, vous allez voir !

---

* Une rizière est un terrain que l'on a préalablement inondé pour pratiquer la culture du riz.

Nina me jette un regard aux sourcils froncés pour me faire comprendre que la guide, c'est *elle !*

— Oh, regardez ! J'adore ce style de cabanes sur pattes, on doit se sentir à l'abri des prédateurs et des inondations, là-dedans ! s'exclame Adam.

— Ce sont des cases en bambous sur pilotis, reproductions exactes des maisons traditionnelles du peuple lao, précise ma cousine.

— Et celle-ci, toute petite, on dirait une mangeoire à oiseaux, qu'est-ce que c'est ? demande Max en s'approchant pour lire le panneau explicatif.

— C'est le temple des esprits, répond Nina. Ça sert à déposer des offrandes pour l'esprit protecteur du lieu, ici c'est celui de l'arbre que tu vois juste à côté : le cyprès japonais. Le peuple lao est animiste : ça veut dire qu'ils croient que tous les êtres vivants ont un esprit, même les plantes.

D'un même mouvement, Adam et moi on se retourne vers Max pour lui demander son avis, vu qu'il est maintenant pour nous le spécialiste du monde des esprits, depuis notre visite à la grotte Chauvet 2. C'est durant ce voyage scolaire, il y a quelques mois, que Max s'est aperçu de son étrange don : il a découvert là-bas qu'il avait la capacité de rentrer dans un état de transe et de voyager dans le passé. Il a été projeté à la Préhistoire et a même découvert qu'il avait un ours pour totem[**]. Quelle chance il a ! Mais seuls Adam et moi sommes au courant. C'est d'ailleurs notre grand secret…

Notre copain continue d'avancer sans nous accorder un regard. Nina nous arrête face à la grande maison lao, composée du grenier à riz, de la cuisine et de la pièce à vivre.

** L'animal totem est un esprit protecteur. Il accompagne, inspire et encourage celui ou celle qu'il protège. On le retrouve dans différentes cultures anciennes.

— Vous aimez l'endroit ? Parce que si ça vous dit et que vous n'avez pas trop peur… mes parents sont d'accord pour qu'on dorme à l'intérieur cette nuit, quand tous les visiteurs seront partis.

— Nooon, tu rigoles ? lance Adam, abasourdi.

— Vous êtes partant ? Vous n'avez pas la trouille ?

Max hausse les épaules et secoue la tête. Bien sûr, Nina ne sait pas qu'il a déjà affronté un lion à dents de sabre préhistorique dans le passé et que dormir dehors dans un parc fermé et sécurisé ne peut guère l'effrayer. Adam, en revanche, demande si les poules qui courent partout dans le village laotien sont capables de grimper dans la cabane où nous allons dormir cette nuit.

Nina éclate de rire et lui assure que ces toutes petites bêtes regagnent leur poulailler vers 19 heures. Comme pour appuyer les dires de sa maîtresse, Dilog part à la chasse aux poulettes et en course une ou deux avant de s'installer à l'ombre d'une case en bambou, langue pendante.

— Donc, c'est d'accord ?

On acquiesce tous les trois, pleins d'enthousiasme.

— Génial !

Un peu plus loin, aux pieds du grenier à riz (lui aussi sur pilotis), deux femmes aux yeux bridés, une jeune et une autre beaucoup plus âgée, sont occupées à couper des tronçons de bambou. Un homme, perché en haut d'une échelle, semble réparer le toit de la cabane.

Ma cousine les salue d'un geste de la main.

— Tous les dix ans, il faut changer les éléments en bambou des maisons laotiennes car le climat n'est pas assez humide, les bambous éclatent et les cases perdent de leur solidité.

— Eh oui, forcément, la météo ici ne doit pas être la même qu'en Asie, ajoute Max.

Soudain, Nina se campe devant nous avec un air sérieux.

— Avancez-vous, il faut que je vous montre quelque chose. Ça tombe bien que vous soyez là ce week-end, car vous allez pouvoir m'aider à résoudre un mystère !

On continue sur le chemin jusqu'à la case du village laotien qui n'a pas de pilotis, puis on s'arrête face à un poulailler et une sorte d'enclos vide.

— Charlotte doit s'en souvenir, il y avait des cochons noirs derrière cette clôture, mais ils ont disparu hier soir ! Le plus inquiétant, c'est qu'on a trouvé des petites taches de sang sur le sol… Juste ici.

— Des cochons noirs ? Ça existe ?

— Oui, ce sont des cochons nains asiatiques, ils sont noirs avec un énorme bidon qui touche le sol et des poils un peu longs sur le haut du dos. Je les trouvais trop mignons. J'adorais venir les voir.

— Peut-être qu'ils ont été volés ? suggère Adam.

— C'est ce que j'aimerais découvrir. L'enclos ne s'est pas ouvert tout seul ! J'ai peur qu'on leur ait fait du mal…

Ma cousine serre les poings, traversée par une vague de colère.

— Mais Nina, il y a des centaines de visiteurs tous les jours, dis-je. Comment peut-on savoir qui a fait ça ? C'est impossible !

CHAPITRE 2
L'enquête commence

En guise de réponse à mon interrogation, ma cousine tend son doigt vers les trois personnes qui s'activent près des cases en bambou.

— Si le coupable était un visiteur, les employés l'auraient vu, c'est certain. Ils travaillent à cet endroit depuis la semaine dernière, aux heures d'ouverture du parc, explique Nina.

— Ça signifie que le coupable a agi avant ou après l'ouverture… et donc que c'est un membre du personnel de la Bambouseraie, conclut Max.

— Ou alors, c'est quelqu'un qui habite ici… Peut-être Dilog ? dis-je, un sourire aux lèvres, pour taquiner ma cousine.

— Bien sûr que non, Charlotte !

— Moi je vote pour l'un des réparateurs de cabanes, murmure Adam en cherchant à éviter le chien qui s'avance vers lui, une gaine de bambou dans la gueule.

— Impossible ! Ça fait plus de quarante ans que leur famille travaille pour la Bambouseraie. En plus c'est madame Kèo, la grand-mère, qui nous a prévenus de la disparition des cochons. C'est elle, là, assise en tailleur, qui taille des lamelles de bambou. Elle fait partie des anciens employés, mais elle aime bien venir donner un coup de main, de temps en temps.

On s'approche du petit groupe. Le bruit de la hachette qui fend les tronçons rythme leur travail.

— Sur le toit, là-haut, c'est Boun, et en bas, c'est sa femme, Témchay, marmonne Nina avant de lancer un « Hello » haut et fort.

— Bonjour, dit-on tous les trois à notre tour, tandis que les coupeurs de bambous hochent la tête dans notre direction.

Nina se tourne plus spécifiquement vers madame Kèo.

— Est-ce que vous avez des nouvelles de nos petits cochons disparu, par hasard ?

La vieille femme nous regarde avec attention avant de répondre. Son regard est perçant. Elle a les yeux en amandes, la peau toute ridée d'une jolie couleur caramel et un haut chignon gris sur le sommet du crâne.

— Tu les aimais bien, les cochons noirs, n'est-ce pas ? répond-elle à Nina d'une voix grave.

— Oui, vous le savez !

Madame Kèo continue de nous scruter un à un, avant de pointer sa hachette vers nous.

— Je t'ai déjà raconté la légende des dragons protecteurs, Nina. Et je t'ai également dit que l'esprit d'un dragon asiatique était venu s'installer ici pour veiller sur le lieu, il y a longtemps...

Nina hoche la tête. On se rapproche un peu, sauf Adam qui n'a décidément pas envie d'être trop près de Dilog.

— Depuis quelques semaines, de mauvaises vibrations se sont installées dans le parc… Le dragon est en colère. Cela ne m'étonne pas que les cochons aient disparu.

Madame Kèo se remet au travail et marmonne quelques mots en laotien.

Adam, toujours à l'écart, se moque doucement :

— Ben si c'est un dragon le coupable, on va avoir du mal à le forcer à nous rendre les cochons… s'il ne les a pas déjà mangés !

— Le mieux, c'est d'aller lui demander vous-même ce qui se passe, continue la vieille Laotienne en levant de nouveau ses yeux sur nous. Lui, là… il sait comment faire.

— Elle parle de qui ? demande Adam.

On se retourne tous vers Max, qui n'a pas bougé ni ouvert la bouche. Il observe madame Kèo en retour, sans baisser les yeux.

Nina éclate de rire pour détendre l'ambiance.

— Bonne journée, Madame Kèo. Venez les copains, on continue la visite.

Mais la vieille dame insiste, sans lâcher Max du regard :

— Tu as le don, petit. Je le vois. Et je sens même que tu es déjà allé « là-bas ». Va donc lui poser vos questions ! L'esprit du dragon a les réponses que vous cherchez.

Ma cousine attrape Max par le bras.

— Allez, viens. Tout le monde dit qu'elle est un peu sorcière, j'espère que tu n'es pas trop impressionné.

Moi, je le suis. Comment sait-elle pour Max ? En me retournant vers Adam, je vois qu'il est tout aussi secoué. Il souffle en frottant sa mèche de cheveux :

— J'hallucine, comment elle sait ça, la mamie ?

— Je vous préviens, je n'y retournerai pas, lance Max d'une voix froide.

Nina cesse de sourire et fronce les sourcils.

— Mais de quoi parlez-vous ? Faut pas prendre tout ce qu'elle dit au pied de la lettre, je voulais juste vous plonger dans le mystère avec notre sorcière laotienne. On continue la visite, y a plein d'autres gens qu'on peut interroger au sujet des cochons tout en visitant le parc.

Je laisse Adam, Nina et Dilog partir devant afin de me retrouver près de Max. J'aimerais comprendre.

— Comment madame Kèo sait que tu peux parler aux esprits, à ton avis ?

— Aucune idée, Cha...

Reproduit et achevé d'imprimer en mars 2022 (3e tirage),
par Perfekt, en Pologne,
pour le compte de Gulf stream éditeur
31, rue Alfred-Riom,
44100 Nantes

Dépôt légal 1re édition : mars 2021